おとぎの
世界にある、虹の島。
ユニコーン・アイランドへようこそ！
ジュリエ
デア

この島(しま)には、
たくさんの
ユニコーンが
くらしています。
ユニコーンは、
りっぱなつのが ある
夢(ゆめ)の生(い)き物(もの)。

魔法のパワーを
持っていて
人間と はなしをする
ことも できます。

ユニコーン・アカデミーという
島のこどもたち あこがれの
学校もあります。
特別な招待状の
とどいた生徒たちが

島じゅうからあつめられ、
寮で
共同生活をしながら
勉強や訓練に はげむのです。

入学式のご案内

Dear Julie

勇気とかしこさに満ちたあなたへ

あなたは、来年度の

ユニコーン・アカデミーの

生徒として、えらばれました。

1月の入学式でお会いするのを

楽しみにしています。

虹の島の魔法の学園

ユニコーン・アカデミー

学園長 *Nettles*

この学園を卒業すると、
GUARDIANの資格がさずけられます。

GUARDIANとは

虹の島の人びとの平和や安全をまもる存在。
ふだんは、ほかのお仕事をしたり、学生として
すごしたりしていますが、島が災害にみまわれ
たり、事件がおこったりしたときには、パート
ナーのユニコーンとともに、かけつけます。
自然や生き物を保護するための活動もします。

ユニコーン・アカデミーの
教師は、全員がこの学園の
卒業生でGUARDIANです。

UNICORN ★ ACADEMY

入学式では、パートナーとなる
運命のユニコーンが発表！
心と心の
きずなを結ぶ
一年間には
わくわくする行事も
もりだくさんです！

ふしぎな魔法にも出会える
ユニコーン・アカデミー。
仲間やユニコーンと
友情をはぐくむ毎日の
はじまりです――！

今回は… ユニコーン・アカデミーの新学期のおはなし！

ジュリエ

好奇心おうせいで冒険やなぞときが大好き。学園寮の同じお部屋のメンバーみんなで行動したり、冒険したりするのを楽しみにしている。

ユニ*デア

ジュリエとペアの女の子。ジュリエといっしょにすごすのが大好き。お姉さんっぽい性格で、ジュリエやほかのユニコーンにアドバイスをすることも。

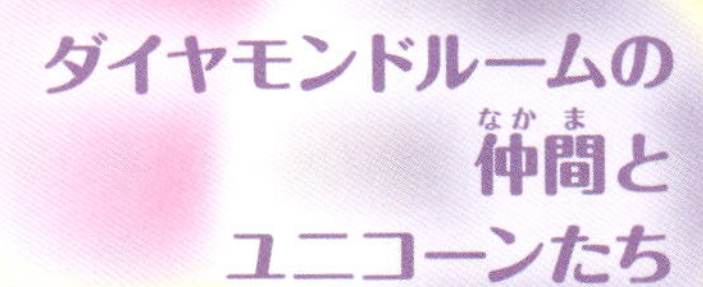

ダイヤモンドルームの仲間とユニコーンたち

ユニ＊ラピーダ

レイとペアの女の子。みためはクール系美人だけど、活発で楽しいことが好き。レイのことをだれよりも心配している。

レイ

機械やロボットが好きで、発明の才能を持つ。のめりこむとまわりがみえなくなる。クールで言葉たらずなところがあるので、誤解されてしまうことも……。

メアリー

おっとりおだやかな性格。みんなの意見がぶつかりそうになるととめたり、いつも平和をもとめている。

ステラリオ＊コーン

メアリーとペアの男の子。いつも元気で自信たっぷり。めったにこわがったり、心配したりしない。

ダイヤモンドルーム つづき

ユニ＊ペルル

ココとペアの女の子。バレリーナのようにくるくるおどったり、おちゃめで陽気。どんなときもココの味方。

セルギウス＊コーン

ルーナとペアの男の子。ハンサムでかっこよく、活発で行動的。ルーナをほこらしく思っている。

ココ

絵をかくのが大好き。明るくてテンションも高め。マイペースで、失敗しても気にしない。

ルーナ

頭の回転がはやく、知識が豊富な優等生。めんどうみがよく、しっかりもので、メンバーのお母さん的な存在。

トパーズルームの仲間とユニコーン

ジェスター＊コーン

ミックとペアの男の子。むじゃきで冒険心たっぷり。おでかけするのが大好き。

ミック

人なつこくて、だれとでも仲よくなれる。ふざけたりからかったりするのが好き。

ユニコーン・アカデミーの先生がた

…全員が虹の島をまもるGUARDIAN！

ロズマリー先生

ユニコーン・スタイリングの授業を担当。たてがみのアレンジやお世話のしかたを教えてくれる。

ネットルズ学園長

先生がたのリーダー。きびしいけれど、いつも愛情深く生徒たちをみまもり、大事な教えをくれる。

ウィロウ先生

生徒に人気の保健の先生。生徒の味方となって、ルール違反を大目にみてくれることも。

虹の島のお手紙つき

ダイヤモンド編

友情のはじまり

原作★ジュリー・サイクス
企画・構成★チーム151E☆
絵★星茨まと ほか

Gakken

ダイヤモンド編
友情のはじまり

もくじ

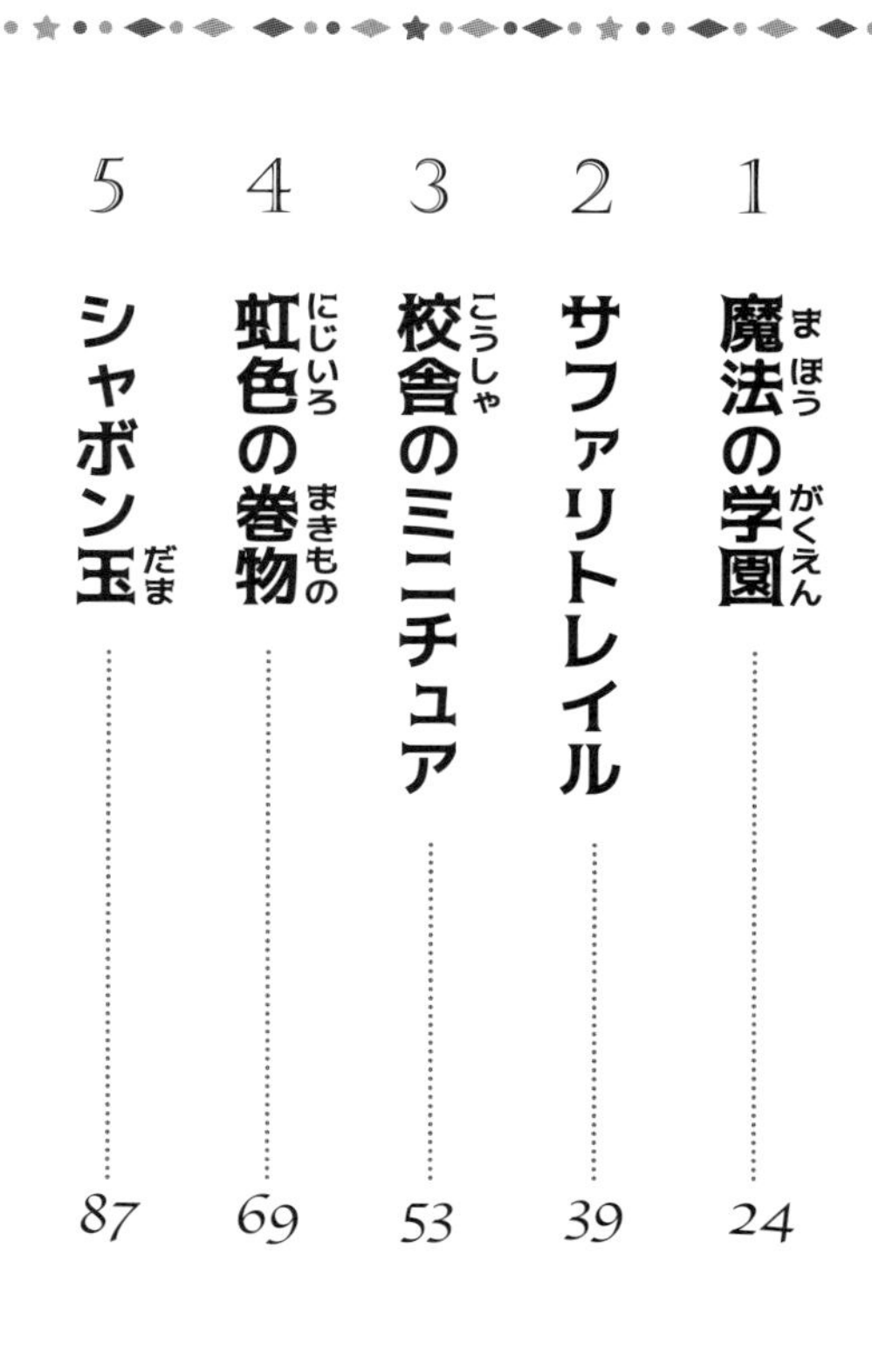

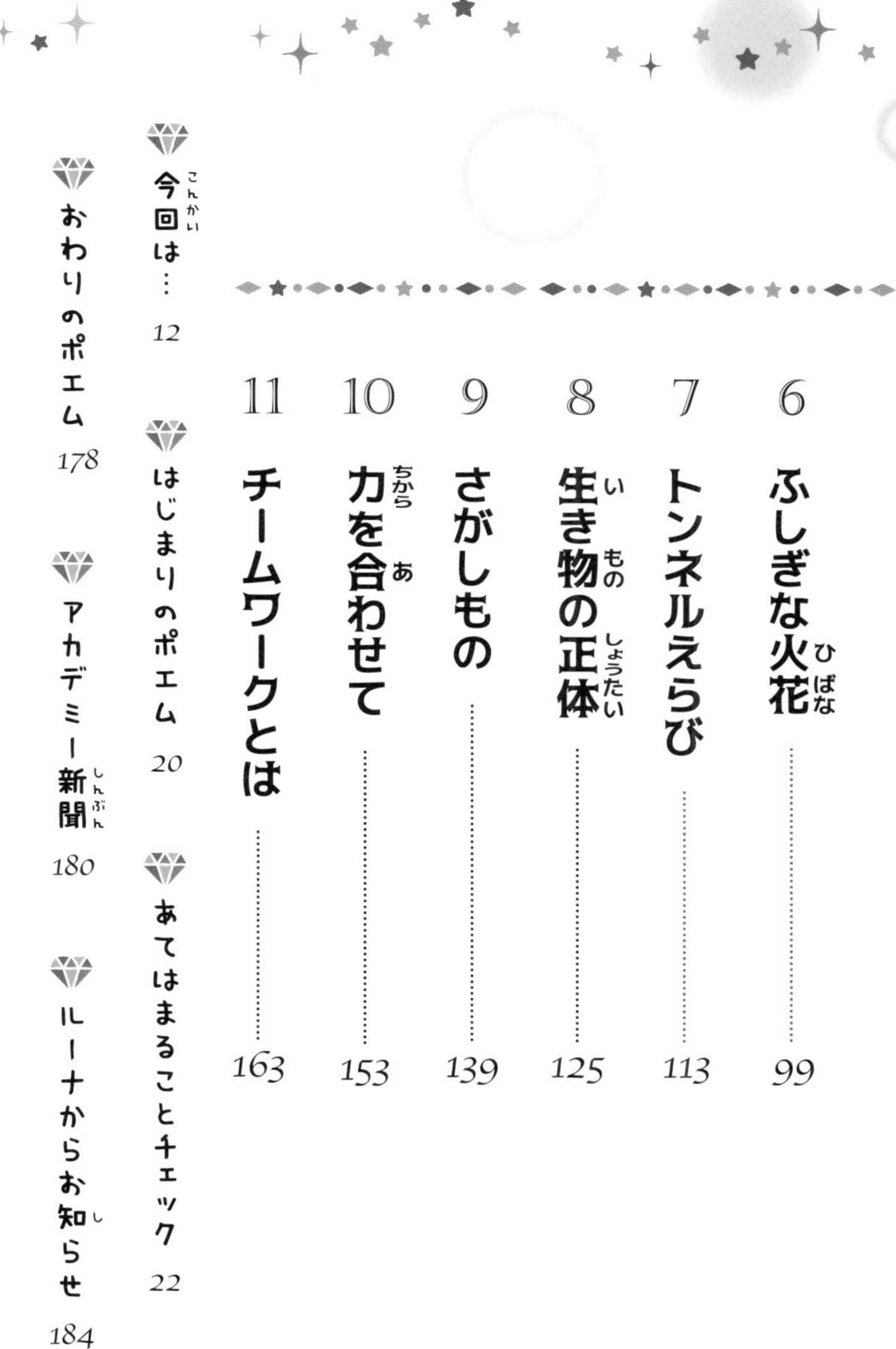

入学したらね、
同じお部屋の仲間みんなで
何かをやりとげたり、
冒険をしたり

ここでしかできない
最高(さいこう)の友情(ゆうじょう)を
きずきたい
それが、夢(ゆめ)だったんだ――

あてはまること チェック
あてはまるものを チェック✓してね。
新しいことや はじめての 体験はわくわく しちゃう
ひとりよりも みんなで わいわい あそびたい
何かを 提案する のが得意
なぞとき 大好き！ 解決できたら 最高！
ジュリエ
同じ気持ち 感じたこと ある？
にているとこ あるかな～？

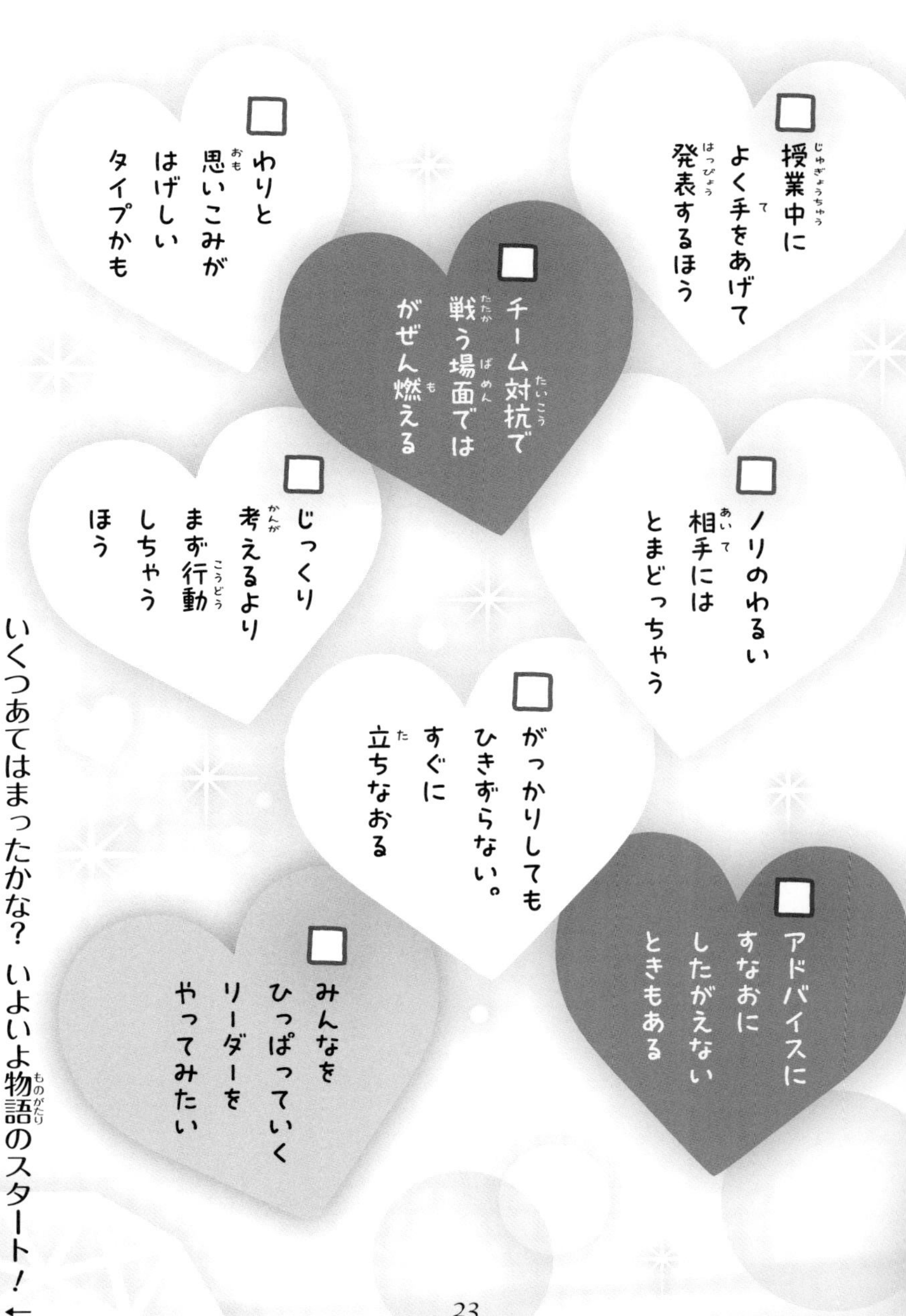

- □ 授業中によく手をあげて発表するほう
- □ チーム対抗で戦う場面ではがぜん燃える
- □ わりと思いこみがはげしいタイプかも
- □ ノリのわるい相手にはとまどっちゃう
- □ じっくり考えるよりまず行動しちゃうほう
- □ がっかりしてもひきずらない。すぐに立ちなおる
- □ アドバイスにすなおにしたがえないときもある
- □ みんなをひっぱっていくリーダーをやってみたい

いくつあてはまったかな？　いよいよ物語のスタート！←

1 魔法の学園

ここは、ユニコーン・アカデミー。おとぎの世界の海にうかぶ、虹の島にある、魔法の学園です。

生徒は、島の安全や平和をまもる〝GUARDIAN〟になるために勉強や訓練にはげんでいます。

1月の入学式では、ひとりひとりにパートナーとして、〝運命のユニコーン〟が発表されました。

ジュリエの〝運命のユニコーン〟になったのは、ユニ＊デアという女の子。

ふたりは、はじめて会ったときから、とっても仲よしです！

「よーし、きょうも一日、デアといっしょにがんばろう！」

ジュリエは、うきうきしながら〝ユニコーンハウス〟へむかいます。

デアたちユニコーンがくらしている建物です。

入学してから数週間。だいぶ、学園生活にもなれてきました。

ハウスではこれから、ユニコーンのお手入れのしかたを学ぶ、ユニコーン・スタイリングの授業があるのです！

ユニ＊デア
ジュリエ

「ジュリエ、よくできました。
ユニ＊デアのお手入れは
かんぺきね。合格です」

この授業を担当している
ロズマリー先生にほめられて、
ジュリエはにっこり。

デアがジュリエの顔に、フル～ンと息をふきかけて、くすぐります。

『やったわ！　合格だって』

先生は今、みんながユニコーンのお手入れをしっかりできているか、ペアごとにチェック中。

ジュリエも気合をいれて、デアの身だしなみをととのえていました。

〈やっぱりデアは、最高にきれいで、かわいいな！〉

たてがみとしっぽは、ヒヤシンスブルーとピンクラベンダー色。

ていねいなブラッシングで、毛なみはつやつや。

ふんわりきれいなウエーブに、しあげてあります。

おしりにある、ピンクのうずまきもようも、いつもよりきらめいています。
光があたると、もようがふわあっと、うかびあがってみえるのです！

じつは、ほめられてうれしかったのは、ほかにも理由がありました。
ロズマリー先生にきらわれていないかと、ちょっと気になっていたのです。
ジュリエは授業中によく手をあげます。
ところが、最近は、なぜか先生にあてられる回数がへっていました。
〈気のせいだったかも。がんばったら、ちゃんとほめてもらえたよ〉
ジュリエはデアの首をなで、こっそり耳うちしました。

「ねえ、授業がおわったら、あそびにいこうよ」

『ファラーン！ プレイパークがいいな。おもしろい遊具がある場所よ』

「いいね！ でもきょうは、サファリトレイルにしない？ 学園の敷地をまわるお散歩コースだよ。探検もできるし、めずらしい動物にも会えるんだって」

『フルン、楽しそう！ プレイパークはまた今度ね』

「そうしよう！ ダイヤモンドルームのみんなも、さそってみようかな？」

ダイヤモンドルームというのは、ジュリエがくらしている寮のお部屋の名前。

学園では、生徒全員が、寮のお部屋で四、五人ずつ、共同生活をしています。

お部屋は校舎の二階と三階にあって、それぞれルビールーム、トパーズルームなど、すてきな宝石の名前がついているのです。

〈ルームの全員であそぶのって、はじめてだよね？〉

そう。ダイヤモンドルームの仲間はみんな、性格がばらばらで個性的。

じつはまだ、全員いっしょに何かをしたことがないのです。

〈ちょっとドキドキするけれど、わくわくもするよ！〉


授業がおわると、ジュリエはダイヤモンドルームの全員に声をかけました。

メアリー、ルーナ、ココ、レイの四人です。

「みんな！　いっしょにサファリトレイルにいかない？」

ジュリエは期待をこめて、ひとりひとりの顔をみまわしました。
〈賛成してくれる…かな？〉

メアリーが、パートナーのユニコーンに声をかけます。
「ステラリオ、いこうか？」
『フルルーン、いくー！』
元気な男の子、ステラリオ＊コーンが、うれしそうに返事をします。

「わたしとセルギウスもいくわ」
と、ルーナ。
「ココとペルルも
いくよぉ♪」と、ココ。

四人中、三人が賛成してくれました！

〈あと、ひとり！〉

ジュリエは、レイにも声をかけます。

「レイとラピーダも、きてくれる？」

レイは、ユニコーンハウスの通路を動きまわるトロリーを、じっと観察しています。

トロリーは、ユニコーンの食べものなどをはこぶ車。自動運転の魔法で動いているそう。

このしくみを参考にして、レイは、何かを発明しようとしているらしいのです。

「レイ？　きこえてる？」

ジュリエは、もう一度、声をかけました。

メアリーが、レイをひじで、つんつん。

「わ！　びっくりした。何？」

やっと、気づいてくれました！

「ダイヤモンドルームのみんなで、サファリトレイルにいきたいなって。レイもいかない？」

「ううん、やめとく」

……あっさり、ことわられてしまいました。

レイはメモ帳をだして、何かを書きはじめます。

パートナーの女の子、ユニ＊ラピーダは、なんだか残念そう。

そのとき、トパーズルームの男の子、ミックが、はなしかけてきました。

ユニ＊
ラピーダ

「ぼくとジェスターが、かわりにいくよ」

「ううーん、ミック、ごめん。きょうはね、ダイヤモンドルームのみんなだけで、おでかけしたいんだ」

「え〜そうなの〜？　残念だなぁ。ジェスター、さびしいなぁ〜」

ミックはふざけて、おおげさにがっかり。

それから、にっこり手をふって、ハウスをでていきました。

ジュリエは、ちらっとレイをみます。

〈ルームのみんなでいきたいな。動きはじめたら、ついてきてくれるかも？〉

わざと、おおきめの声でいってみます。

「さあ、わたしたちも、いこう！」

でも、いっしょにハウスの外にでてくれたのは、レイとラピーダ以外の仲間。

……あ、レイもでてきました。

「よかった！　いっしょにいく？」

明るく声をかけてみます。

「やめとく。発明でいそがしいから」

レイは、さらりというと、校舎のほうへいってしまいました。

〈〃発明〃って、あとじゃダメなのかなぁ〉

お部屋全員でのおでかけは、おあずけ……でも、気をとりなおしていいます。

「よし、出発！　サファリトレイルは、果樹園からスタートだよ」

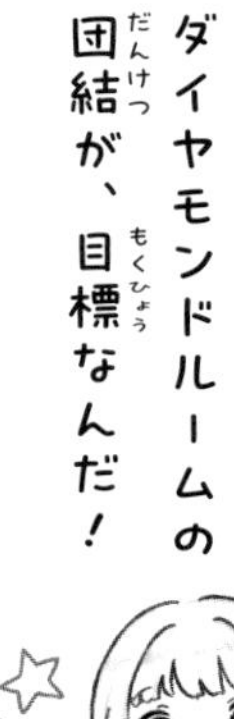

2 サファリトレイル

ユニコーンに乗って、学園の美しい敷地をお散歩していると、ジュリエの気持ちも晴れてきました。

リンゴの並木道では、あまい香りがふんわりとただよっています。

スパークルレイクという湖では、水が虹色にきらめいていました。

〈ユニコーン・アカデミーの生徒になれたなんて、今でも夢みたい〉

ジュリエは目をかがやかせて、おおきな湖をながめました。

この学園に入学できるのは、島をまもる〝GUARDIAN〟の素質があると、判断された生徒だけ。

ジュリエはみごとみとめられて、入学式の招待状がとどいたのです！学園生活では、パートナーのユニコーンの中にねむっている魔法がめざめたり、ユニコーンとのあいだに

〝信頼のきずな〟が生まれたり。

「夢のようなできごとが待っているのよ」と、ママにきいていました。

しかも、きずなが生まれると、髪にユニコーンのたてがみの色がまじり、ユニコーンのたてがみにも、自分の髪の色がまじるというのです。

〈きずなも魔法も、楽しみ〜！〉

デアのウエーブしたたてがみに、そっと指をからめます。

結局とちゅうの小道で、ミックとジェスターにばったり。みんなでいっしょにお散歩することに。

「レッドビルを発見！　めずらしい鳥だよ」

動物にくわしいミックが、ささやきました。

小川にうかんだちいさな島から、レッドビルという、くちばしの赤い、鳥の家族が水にとびこみます。

絵をかくのが得意なココが、さっそくひな鳥のスケッチをはじめました。

おしゃべりも、すごくもりあがって、サファリトレイルは大成功！

ココのスケッチブック

みんな、「すごく楽しかったぁ」といってくれました。
〈次は、レイにも参加してもらえますように！〉

校舎へもどると、めずらしく、講堂ホールのとびらが、あいていました。
ここは、入学式や朝礼をおこなうホール。
天じょうは、まるいドーム形で、色とりどりのガラスがきらめいています。
外からさしこむ光が、ゆかに虹色のうずまきもようをつくっていました。
ホールの中央には、虹の島をかたどった、りっぱな立体模型があります。
ジュリエはホールへしのびこむと、そっと立体模型に近づきました。

「まるで、ほんものの島みたい。
よくできてる～！」

さわやかな緑の草原や、金色の砂のビーチ。

虹の島の今のようすを、実況中継のように
みられる、魔法の立体模型なのです！

「……うわさをきいたのね？」

ふいに声をかけられて、ジュリエはびくっとしました。

ふりむくと、ホールの入り口にレイが立っています。

「うわさって何？」

「立体模型のバリアが消えている、ってうわさ」

「えっ！ そうなの？」

立体模型は、かすかにきらめく、魔法のバリアにまもられているはず。

それにバリアは、ブーンという、低い音を立てているときいていました。

〈たしかに。バリアもみえないし、なんの音もきこえない〉

魔法の気配は、まったくありません。


「バリアが消えたのは、立体模型の魔法がきかなくなったせいなんだ。ネットルズ学園長と、保健のウィロウ先生がはなしてた」

「えっ！」

虹の島の立体模型には、いきたい場所をさわると、そこへワープ（いっしゅんで空間を移動)できるという、魔法のパワーがありました。

その魔法がきかなくなったというのです。

「学園長はね、以前、この学園にいた先生のしわざじゃないかって。その先生のはなし、きいたことあるよね?」

もちろん、ジュリエだけでなく、島じゅうの人びとが知っています。

その先生は、島の魔法をひとりじめしようとして、おろかな事件をいくつもおこしたのでした。

「でもね、レイ。その先生なら、少しまえにつかまって、島のどこかにとじこめられたって、きいたよ。学園も虹の島も、もう安全よね?」

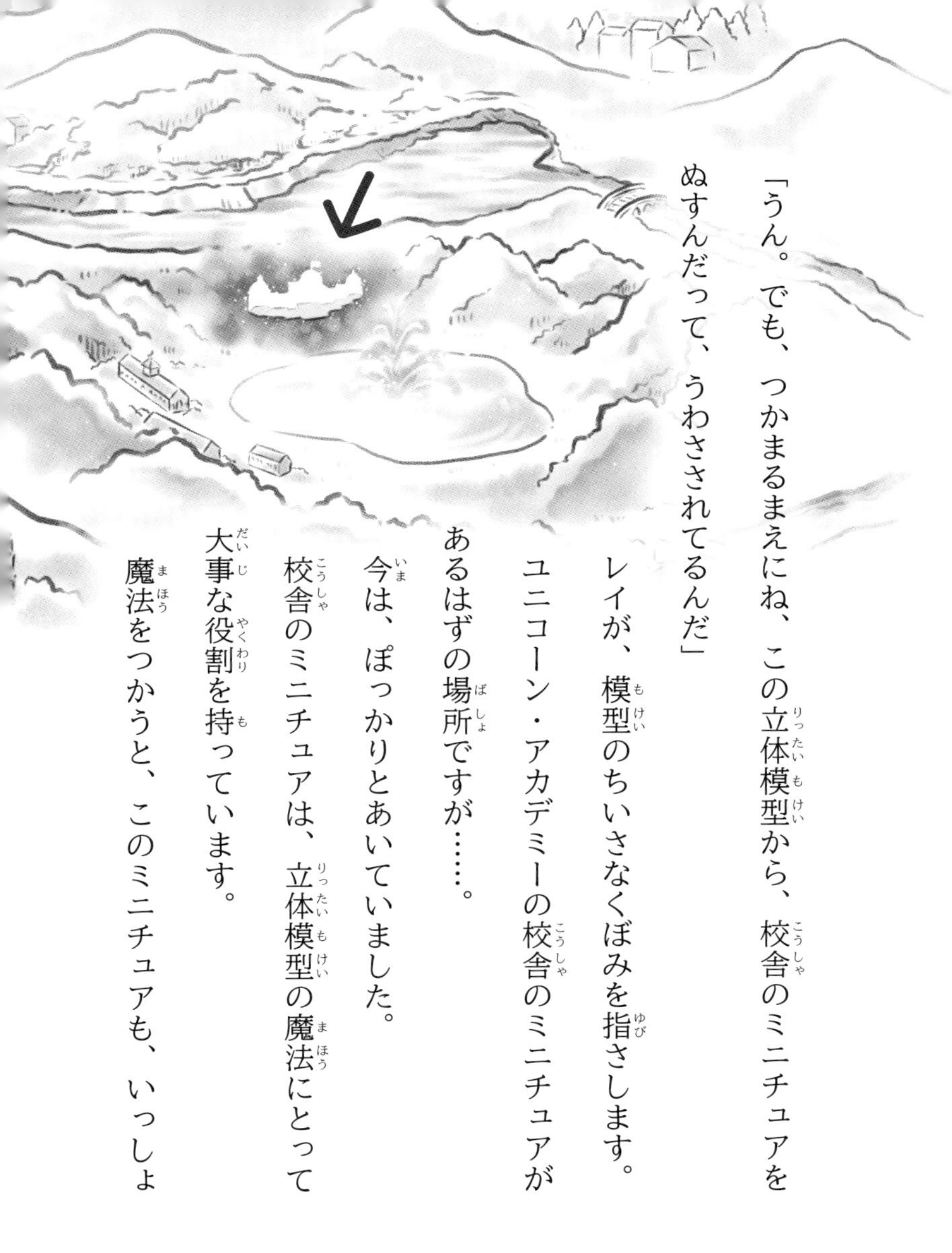

「うん。でも、つかまるまえにね、この立体模型から、校舎のミニチュアをぬすんだって、うわさされてるんだ」

レイが、模型のちいさなくぼみを指さします。

ユニコーン・アカデミーの校舎のミニチュアがあるはずの場所ですが……。

今は、ぽっかりとあいていました。

校舎のミニチュアは、立体模型の魔法にとって大事な役割を持っています。

魔法をつかうと、このミニチュアも、いっしょにワープします。

そして、この学園へかえってくるときには、ミニチュアを手に持って、「ユニコーン・アカデミーへ！」とさけべばいいのです。

「学園長はね、校舎のミニチュアがなくなったせいで、ワープの魔法がきかなくなったんじゃないかって、いってた。学園へもどれないってことだから」

じっと考えこむように、立体模型をみつめます。

「だから、今はどこへもワープすることができないんだ。みてて」

レイは、西海岸のところに指をおき、「ビーチへ！」といいました。

「ちょ、ちょっとレイ!?」

〈西海岸のビーチへワープしちゃったら、どうしよう!?〉

でも、ジュリエの心配をよそに、何もおきませんでした。


模型の西海岸に指をおいたまま、レイがいいます。

「ほらね？　故障してるってことだよね。つかえるようにできたらなぁ」

「修理したいってこと？」

「わたしね、機械には強いんだ」

「でも、これは魔法の立体模型だよ。修理にも魔法が必要かも」

♪ディ〜ンドゥ〜ン

ふたりのはなしをさえぎるように、夕食を知らせるチャイムが鳴りました。

「ダイニングルームへ急がなきゃ」

ジュリエは、レイに声をかけました。

でも、レイはまだ、立体模型をあちこち調べています。

「ねえ早く！　いこうよ」

レイをせかして、服のそでをひっぱります。

「ひとりでも遅刻したら、ダイヤモンドルームの印象がわるくなっちゃうよ」

そういったとたん、レイはむっとした顔に。

「わたし、今まで遅刻したことなんてないよ？　考えて行動してるから！」

レイは、すたすたとホールをでていってしまいました。

〈あわわ、おこらせちゃった……〉

ジュリエは、しょんぼりと、ひとりでダイニングルームへとむかいました。

レイがわたしにカチンときたり、
わたしがレイにカチンときたり…
なんだかうまくいかないよ～

3

校舎（こうしゃ）のミニチュア

ジュリエはルームの仲間（なかま）と、おおきなまどのそばの席（せき）につきました。まどからは、庭（にわ）がみわたせます。

ダイニングルームは、立体模型（りったいもけい）のはなしでもちきりでした。

「ワープができなくなってしまったなんて、信（しん）じられないわ」

ルーナがバスケットのガーリックトーストをとりながらいいました。

「たとえば、遠い場所できんきゅう事態がおきて、急いでかけつけなきゃいけないってときに、こまるよね？」

ジュリエも心配でたまりません。

あの立体模型は、虹の島のどこかでだれかが助けをもとめているときに、すぐに〝GUARDIAN〟としてかけつけるためにも、必要なのです。

「校舎のミニチュアをぬすまれたせい

で、立体模型の魔法がきかなくなったんでしょ？　だったら、どうにかしてとりかえさなくちゃ」

ジュリエはいいました。

「でも、最後につかった人が、なくしちゃっただけかもよぉ？」と、ココ。

「事件をおこした先生が、どこかにかくしたのかも」と、メアリー。

〈それだ！〉

「もしかしたら、学園のどこかに、かくしてあるのかも！」

頭をフル回転させて、考えます。

「ねえ、わたしたちでさがしてみない？　立体模型がまたつかえるようになったら、学園長もよろこんでくださるし」

メアリーがすぐに「わたしやるわ！」と手をあげます。

「わたしも」「はぁい」

ルーナとココも乗り気です！

「じゃあ、まずは、その先生がつかっていたお部屋を調べてみようか。みんな、急いで食べちゃおう！」

ジュリエがいうと、レイ以外は、てきぱきと食事をおえました。

レイはメモ帳に何かを書きながら、マイペースに食べています。

みんなが立ちあがると、ジュリエはレイに声をかけました。

「レイも食べおわるかな？」

「ううん。みんな、いってきていいよ。わたしはいかないから」

顔もあげずに、こたえます。

片手でデザートのアイスクリームを食べながら、もう片方の手で、むずかしそうな図をかいています。

「……わかった」

また、レイにことわられてしまいました。

〈ダイヤモンドルームの五人全員で行動したいんだけどな〉

なかなかうまくいきませんが、四人でダイニングルームをでます。

階段をあがり、先生がたの生活するお部屋があるほうへむかいます。

〈はじめてきた場所だけど……すぐにみつかるよね！〉

ジュリエは、はりきってドアのプレートの名前を確認していきました。

ところが……、しばらくすると、ルーナが口をひらきます。

「ねえ、ゆき先わかってる？　あのユニコーンの時計、もう二回みたよ？」

「そうだっけ？　ちがう時計じゃないかな～」

ジュリエは、てきとうにいいました。

ちょうどそのとき、少し古びた茶色のドアが、目にはいりました。

名前のプレートはついていますが、字がうすくなっていて、よく読めません。

「ほ、ほら！　ちゃんとついたよ」

中にはだれもいないようですが、いちおうノックをします。

「失礼しまーす……」

そうっとドアをあけると、そこは書さいのようなお部屋でした。

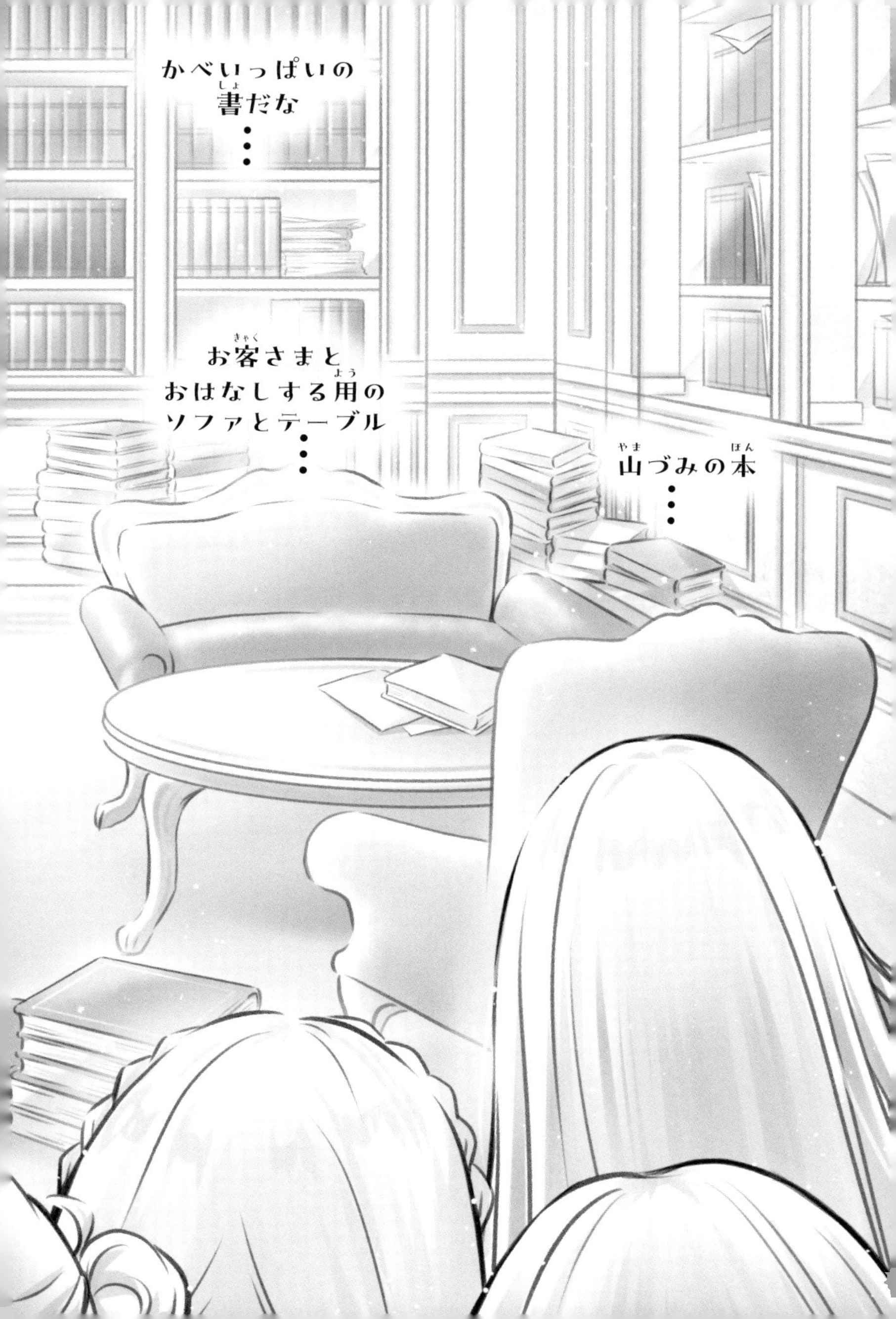
かべいっぱいの
書だな
・・・
お客さまと
おはなしする用の
ソファとテーブル
・・・
山づみの本
・・・

おおきなつくえがあり、そのうしろのかべには、ユニコーンの絵がかかっています。

うしろあしで立っているユニコーンで、たてがみは金色にきらめき、おしりのあたりには、星のもようがありました。

つくえのいすは、うしろにひかれています。

〈まるで、ついさっきよばれて、席をはなれたばかりみたい〉

ふいにジュリエは、だれかにみられているような気がしました。

あたりをみまわしますが、だれもいません。

〈気のせいかな……〉

息を深くはきだしておちつくと、ヒソヒソ声で、みんなにいいました。

「手わけして、校舎のミニチュアをさがそう」

ジュリエは、つくえのひきだしから、調べはじめました。

〈勝手に人のお部屋にはいって、中をあさるなんて、いけないのはわかってる。
でも、ミニチュアをみつけて、虹の島をまもるためだから！〉
ひみつのひきだしがないかも確認しましたが、ないようです。
ココが、本の山にゴツン。本がドドーッと、なだれのようにくずれました。
「きゃあ！　ココ、気をつけて～」
ルーナが悲鳴をあげ、メアリーがさっと、本や書類をひろいはじめます。
ジュリエも手伝った、そのとき。

カシャン…

本にはさまっていた、ちいさな銀色の何かがゆかにおちました。

ひろいあげると……ユニコーンのチャームがついた、細長いカギ!?

先の部分は、星の形をしていました。

〈このユニコーン、さっきみたような?〉

ジュリエはお部屋をみまわしました。

「あれだ!」

つくえのうしろにかかっている絵を指さします。

「あの絵のユニコーンと、このカギについているユニコーン、同じだ!」

ジュリエはドキドキしながら、絵のところへかけよりました。

みんなもあつまってきます。

ユニコーンの絵をよくみてみると……。

おしりのあたりにちりばめられている星がひとつだけ、ちいさな星の形の穴になっていました。

〈もしかして……〉

ジュリエは息をつめて、カギをその穴にさしこみました。

そうっと、まわしてみると……。

カチャッ

たしかな手ごたえがあって、絵が
ゆっくりと、とびらのようにひらきました。

「金庫だ！」

なんと、かべに金色の金庫が、はめこまれ
ていたのです！

〈校舎のミニチュアが、この中に？〉

ジュリエは、金庫に手をのばしました。

メアリーが小声でつぶやきます。

「ロックが、かけられているんじゃないかな」

ルーナも心配そうに声をかけます。

「気をつけて。危険なものがはいってるかもしれないわ」

ジュリエがハンドルをひっぱると、意外にもロックはかかっていません。

すうっと、とびらがひらきました。

「う~ん、残念。校舎のミニチュアはないみたい」

でも、金庫の中は、からっぽではありませんでした。

金色のリボンが結ばれた、紙の巻物がはいっていたのです!

「これ、何がかかれているんだろう?」

大事なことがひめられているような、ドキドキする予感がありました。
ジュリエは巻物をとりだすと、静かにリボンをほどきました。
それがまさか、大冒険のはじまりになるとは、思いもせずに……！

この巻物に
何かひみつが
あるかも！

4 虹色の巻物

ジュリエは、金庫でみつけた巻物をつくえに広げました。

みんな、興味しんしんでのぞきこみます。

巻物には、キラキラした虹色のインクで、地図のような絵がかかれていました。

絵のすみに書かれた字を指さして、メアリーがいいました。

「〝きらめきの大どうくつ〟っていう
場所の地図みたいよ！」
迷路のようにいりくんだトンネル
のおくに、〝大どうくつ〟という広場
のような空間があるようです。
そこには、七色のつららや、きら
めく氷の岩もえがかれていました。
ココが、美しい絵にうっとり。
「すっごくじょうずだねぇ。こんな

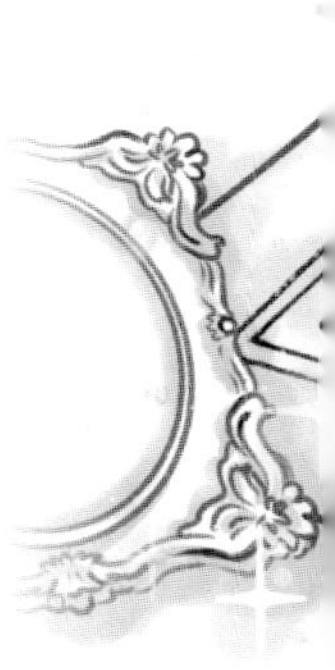

絵がかけるようになりたいなぁ」

ジュリエは、きらめく地図をすみずみまで、じっくりみていきました。

〈あれ？　これは……〉

広場のちょうどまんなかに、ちいさな建物の絵と×じるしがかかれています。

「ねえ。これ、ユニコーン・アカデミーの校舎じゃない？」

「ほんとうだ。なぜ、氷のどうくつに校舎が？」

メアリーがふしぎそうにいうと、ココがだいたんな意見をだしました。

「学園を氷づけにして、こわそうとしたのかもぉ？」

〈そうかなぁ……あ！　もしかして〉

「これって、ほんものの学園じゃなくて、
校舎のミニチュアなのかも！」

きっと、そうにちがいありません！

「この地図には、ミニチュアのかくし場所が、かいてあるんだよ！」

ジュリエは大興奮！　早口でつづけます。

「この地図をたよりに、みんなでミニチュアをさがしにいこう！　みつけたら、立体模型の魔法が復活するよ」

すると、ルーナがまゆをひそめます。

「それよりも……学園長に、この地図をわたしたほうがいいと思うわ」

「でもさ、自分たちで、このなぞをとくほうが楽しいよ？　ユニコーンたちにも、いっしょにきてもらおう。ほんものの冒険だ！」

ジュリエがいうと、ココがうんうんと、うなずきました。

けれど、ルーナは「すごく危険そうよ」と心配して、賛成してくれません。

「ここで決めなくてもいいんじゃない？　ひとまず、このお部屋からでよう」

メアリーが、その場をとりなすようにいいました。

さらにぶるっとふるえて、つづけます。

「なんだかね、背すじがぞくぞくするの。さっきからずっと、だれかにみられているような感じがしてね……」

たしかに、ジュリエもずっと、視線を感じて、むねがざわざわしていました。
「そうだね。ルームのリビングで相談しよう」
ダイヤモンドルームには、ベッドのお部屋の下の階に、リビングがあります。
そこだったら、ルームの仲間だけで、ひみつの作戦会議ができるでしょう。
カギを本の中にもどし、みんなでお部屋をもとどおりに片づけます。
地図だけは、ジュリエが服の中にかくして、持ちだしました。

ダイヤモンドルームのリビングに到着すると、みんな、ほっとひと息。
「マシュマロ持ってくるねぇ～」

ココを待っているあいだ、ジュリエは地図のことをあれこれ考えました。

〈やっぱり、地図のこの場所に、ミニチュアがかくされていると思うな〉

ココがもどってきたところで、作戦会議をはじめます。

「それでね、このどうくつのことなんだけど……」

「わたしは、いかないわ。絶対、先生がたに報告したほうがいいと思うの」

ルーナが、きっぱりといいました。

ジュリエがいいかえそうとしたとき、メアリーが口をはさみました。

「ねえ、やっぱりきょうはもうおそいし、つづきはあしたの朝にしない？」

いつのまにか、もうねるしたくをする時間です。

「うん…そうだね、あしたにしよう。この地図のことは、ダイヤモンドルームだけのひみつにしようね？」

ジュリエは、ココ、ルーナ、メアリーの顔をみまわしました。

〈あしたこそ、みんなを説得して〝きらめきの大どうくつ〟へいきたいな〉

そう思いましたが、まだおおきな問題がありました。

〈〝きらめきの大どうくつ〟って……虹の島のどこにあるの!?〉

朝になると、ジュリエは早起きして、ベッドからでました。

きょうは土曜日なので、授業はありません。

「みんな、起きて～！」

カーテンをシャーッシャッとひらきます。

「〝きらめきの大どうくつ〟をさがしにいこうよ！」

冬のやわらかな日ざしが、さあっとお部屋じゅうにさしこみました。

「ううう……ココは冬眠中ですぅ……」

ココがうめいて、シルバーホワイトの羽根ぶとんを頭にかぶります。

ジュリエはニッと笑って、明るくなったお部屋をみわたしました。

ダイヤモンドルームがあるのは、校舎のはしっこの、まるい塔の中。

お部屋も、まるい形をしています。

カーブしているかべにそって、五台のベッドがならび、ひとりぶんずつ専用のクロゼットとチェストがあるのです。

チェストの上には、ダイヤモンドが何個もあしらわれたライト。

いつもキラキラとかがやいています。

ジュリエは、入学式の日を思いだしました。

だれよりも早く、このお部屋に到着して、日あたりのいいベッドを、ひと目で気に入りました。

すぐに、その横にあるクロゼットに荷物をしまい、家族の写真や、おばあさまが手づくりしてくれたシルクのゾウのぬいぐるみを、かざったのでした。

やがて、みんながのそのそと動きだします。

レイもてきぱきと着がえています。

でも、したくがおわると、メモ帳をポケットにいれて、さっさとお部屋をでていってしまいました。

〈ショック……。また別行動されちゃった〉

おいかけて声をかけたいけれど、またけんかみたいになったら、いやです。

ここはがまんして、ほかのみんなを待ちました。


みんなとユニコーンハウスへむかうとちゅう、ジュリエはふと思いついて、ひとりで講堂ホールへしのびこみました。

もう一度、虹の島の立体模型に近づいてみます。
ほんとうなら、魔法のバリアがあって、許可された人しかさわれません。
今はバリアがないので、なんだか、たよりなくみえました。
学園の校舎のミニチュアがあるはずの場所は、歯のぬけたあとのようです。
〈〝きらめきの大どうくつ〟がどこにあるのか、知っているはずだよね〉
ジュリエは、おそるおそる、立体模型に手をあてました。
そっと声にだして、いってみます。

「〝きらめきの大どうくつ〟の場所を教えてください」

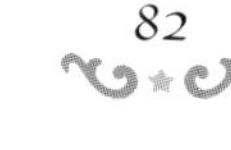

すると……ガタガタ　ガタッ。

「えっ！」

ジュリエはおどろいて、ぱっと手をひっこめました。

立体模型が、上下におおきくゆれはじめたのです！

ぼうぜんとしていると、ゆれがだんだんとおさまってきました。

気がつくと、校舎のミニチュアのくぼみが、ぽうっと光っています。

〈もしかして、「ここにミニチュアをもどして！」って、伝えているの？〉

ジュリエはもう一度、しっかりといいました。

「校舎のミニチュアは、かならずみつけます！
そのためにも〝きらめきの大どうくつ〟の場所を
教えてください」

決意をこめて、そうささやいたしゅんかん、立体模型のほかの場所が、ぱあっとかがやきました。

学園の北にある、雪山のまんなかあたりです。

ジュリエは息をのみました。

「そこに〝きらめきの大どうくつ〟があるの？」

かがやく雪山を、じっとみつめます。

「そうなのね？　そこにミニチュアがあるんだ！」

雪山のかがやきは、すうっとうすれていきます。

立体模型が〝きらめきの大どうくつ〟の場所を教えてくれたのです！

ワープの魔法がきかなくても、のこったパワーをふりしぼったかのよう。

〈やっぱり、立体模型は助けをもとめているんだ〉

ジュリエの心に、使命感とほこらしさがわきおこります。

「ありがとうございます！」

雪山までは、ユニコーンに乗っていけば、きょうのうちに、なんとかいって
かえってこられそうです。

「絶対に、ミニチュアをみつけるよ！」

ルームメイトのみんなに伝えるのが、待ちきれません。

ジュリエは、はりきってユニコーンハウスへと、走っていきました。

これは使命なの！
きっとみんなも
賛成してくれるはず！

5 シャボン玉

ユニコーンハウスへ近づくと、歓声とはく手がきこえてきました。

とびらをあけると、すきまからシルバーのシャボン玉が、ふわふわと空へただよっていきました。

こうばしい、カラメルソースのような香りもしています。

〈ん？　ユニコーンが魔法をつかったときの香りかも？〉

ジュリエのママにもパートナーのユニコーンがいて、そのユニコーンが〝炎の魔法〟をつかうときと、同じ香りがしたのです。

メアリーがジュリエに気づいて、うれしそうに教えてくれました。

「ジェスターの魔法がめざめたの！〝シャボン玉の魔法〟よ」

とてもおおきなシャボン玉の中に、パートナーのミックが立っています。

〈わ！ミックの髪に、ダークブルー色の毛がまじってる〉

ジェスターのたてがみの色です！

「きずなも生まれたみたい。ミックとジェスターは、すごく仲よしだものね」

魔法もきずなも、ミックのペアが、学年でいちばんのり。

ジェスターがひづめを地面にうちつけると、おおきな魔法のシャボン玉が、もうひとつあらわれました。

みんなは「すごーい！」と歓声をあげます。

ジュリエも、いっしょになって、はく手しました。

でも、ちょっと複雑な気分です。

〈わたしとデアだって、すっごく仲よしなのに……先をこされちゃった〉

気をとりなおして、ダイヤモンドルームのみんなに声をかけました。

「〝きらめきの大どうくつ〟のこと、作戦会議しよう？　レイもきてね！」

ジュリエがハウスの外で待っていると、ダイヤモンドルームの全員と、パートナーのユニコーンたちがあつまってきました。

〈やった！　レイとラピーダもきてくれた！〉

レイも、大どうくつには興味があるみたいです！


ジュリエは、立体模型の一部が、かがやいたことをはなしました。

「〝きらめきの大どうくつ〟は、北の雪山のほうにあるんだと思う！　少し遠いけれど、朝食のあと、すぐに出発すれば、夕食までにはもどってこられるよ」

メアリーはすぐに賛成してくれましたが、ルーナはあいかわらず反対です。

そこで、ジュリエは多数決をとることにしました。

「〝きらめきの大どうくつ〟へいくのに、賛成の人は手をあげて。賛成のユニコーンはうなずいてね」

ユニコーンは全員うなずき、ルーナとレイ以外がさっと手をあげました。

でも、レイもちょっとまよったあとで、手をあげます。

パートナーのラピーダは『ヒュルーン！』と、とってもうれしそう。

ジュリエは、結果を発表します。

「賛成多数！　そうしたら、みんなで校舎のミニチュアをさがしにいくってことで、いいかな？」

ルーナも「わかったわ」とうなずいてくれました。

「わたしも、校舎のミニチュアをさがしたいって気持ちはあるの。十分に注意していこうね」

「うん！　賛成してくれて、ありがとう」

ジュリエの心に、わくわくする気持ちがふくらんできます。

〈ついに、ダイヤモンドルームの全員で大冒険だ！〉

みんなが朝食にいったあと、パートナーのデアが、ジュリエに鼻をよせていいました。

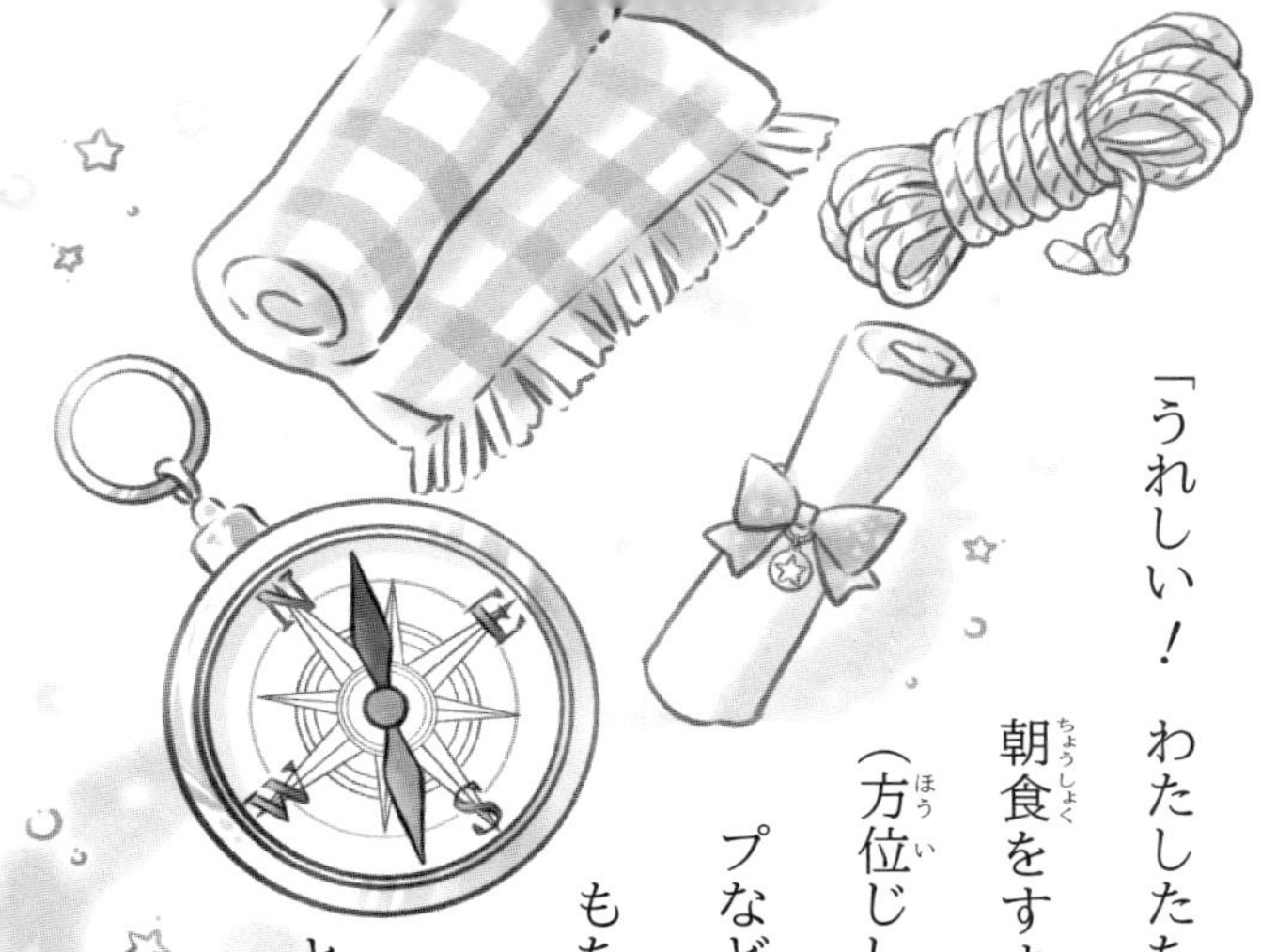

『ジュリエ、すごいね。てきぱきと作戦会議をすすめているときは、リーダーみたいで、かっこよかったよ』

「うれしい！　わたしたちで絶対に、校舎のミニチュアをみつけようね」

朝食をすませると、ジュリエは、方角をしめすコンパス（方位じしゃく）という道具やブランケット、それにロープなどを、リュックにつめこみました。

もちろん、いちばん大事な、地図の巻物も！

持ちものをそろえたら、みんなで、フーディーという、フードつきの動きやすい服に着がえます。

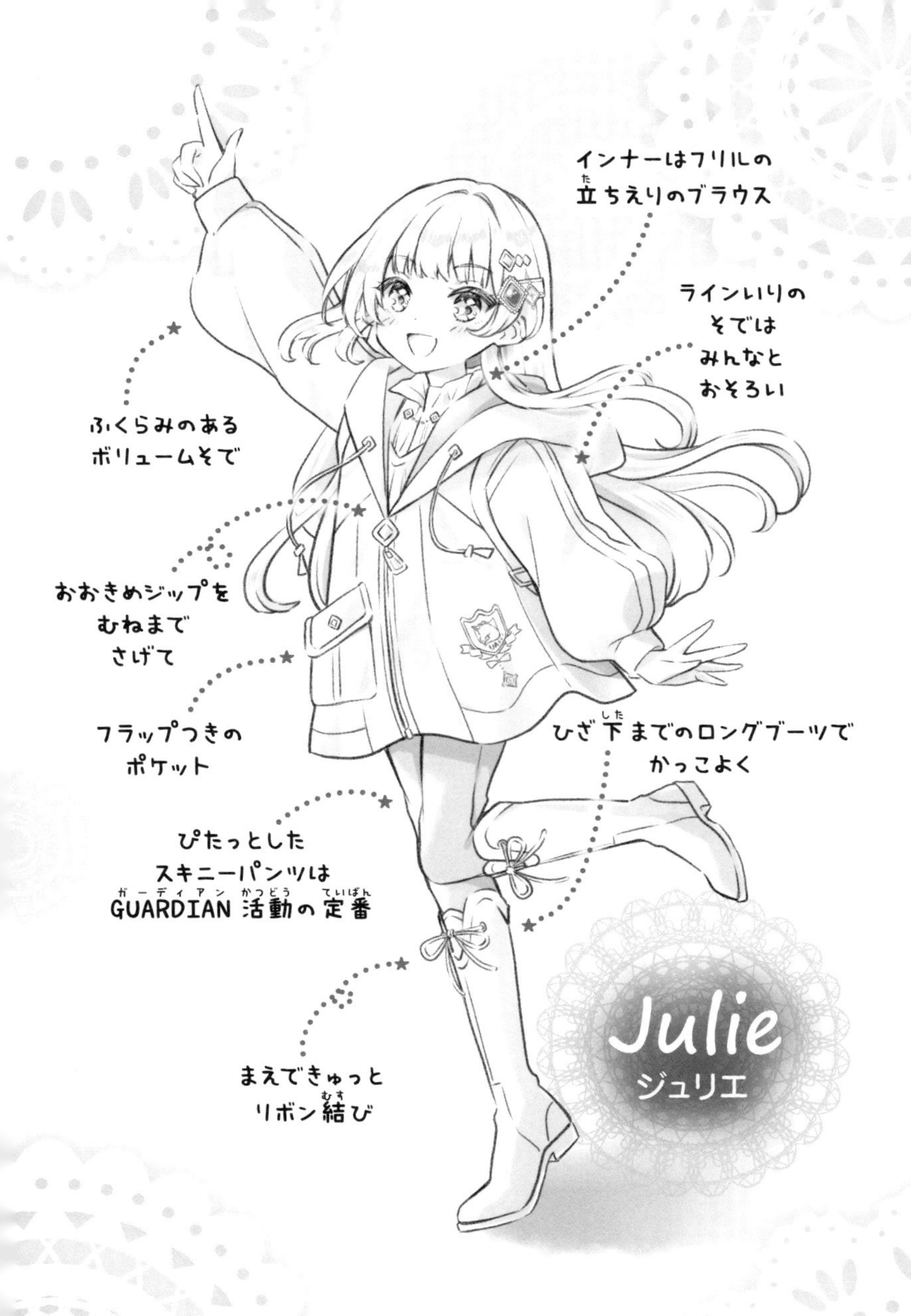
インナーはフリルの
立ちえりのブラウス
ラインいりの
そでは
みんなと
おそろい
ふくらみのある
ボリュームそで
おおきめジップを
むねまで
さげて
フラップつきの
ポケット
ひざ下までのロングブーツで
かっこよく
ぴたっとした
スキニーパンツは
GUARDIAN活動の定番
まえできゅっと
リボン結び
Julie
ジュリエ

Rei
レイ
えりを
立てるように
着るのが好き
7分そでをくしゅっと
ひざまでの丈のモッズコートを
さらりとはおって
ダイヤ形の
ボタン
ごつめのブーツに
チャップスを
合わせて
ぴたっとスリムな
スキニーパンツ
Mary
メアリー
インナーは
レースの
ハイネック
そで口は
もこもこ
リブ
おおきめ
スナップがアクセント
すそに
レースを
のぞかせて
7分丈のサルエルパンツ。
すそがフリル！
フリルベルトの
ショートブーツ

Coco
ココ
おおきめの
ループボタン
ショート丈で
動きやすく
フードの内がわは
水玉もよう
デニム素材の
ガウチョパンツ
ビーズの
ユニコーン
ブローチ
スポーティーな
ラインいり
ハイネックの
シャーリング
カットソー
スクエアな
えりもと
フーディーは
7分そで+
ウエスト丈
はき口に
おりかえしつきの
ロングブーツ
シンプルな
スリムハーフパンツ
パールの
かざり
Luna
ルーナ

ダイヤモンドルームの全員が、ユニコーンハウスのまえに集合しました。

パートナーのユニコーンたちもみんな、はじめての大冒険に、わくわくしているみたいです。

ジュリエはコンパスで、どちらが北（N）かを、しっかりたしかめました。

「あっちだ！　しゅっぱ～つ！」

ユニコーンに乗ると、学園の門をとびだします。

タタッタタッと軽やかに、ユニコーンたちは原っぱをかけていきました。

ジュリエがふと地面のほうをみると、デアのひづめのあたりがときどき、キラッキラッと光っています！

〈あれ？　デアのひづめ、どうかしたのかな？〉

ちいさなピンク色の火花が、くるくるっとうずを巻いていました。

〈もしかして……！〉

6 ふしぎな火花

ジュリエがデアに声をかけようとしたとき、急にデアがスピードをおとし、むきをかえました。

『フルル……のどがかわいたわ』

小川のほうへとすすみます。

『水かけ合戦しよ！』

ユニコーンたちがバッシャーン。

『負けないわよ、ヒュルーン！』

デアが反撃した、そのとき。

ピンク色（いろ）の火花（ひばな）が、キラキラ キラッとまいとびました。
カラメルソースのような、あまいこうばしい香（かお）りがして……、
「デア！」
ジュリエは思（おも）わずさけびました。
デアがきらめく白（しろ）とピンクの雪（ゆき）のうずに巻（ま）きこまれて、
すがたがみえなくなったのです！

ユニコーンたちもおどろいて、デアのいるあたりをみつめます。
くるくるとうずまいていた雪は、だんだんと動きがゆっくりになりました。
雪がしゅわしゅわととけていき、デアのすがたがあらわれます。

デアも何がおきたのか、わからないようです。
『フルルル……わたし、どうしちゃったのかしら？』
レイのユニコーン、ラピーダが、デアのひづめをじっとみつめました。
『雪をつくったのよ。デアの中にねむっていた魔法が、めざめたんだわ！』
『……そうなの？』

デアは、たしかめるように片あしを持ちあげました。
『わたしね、水が冷たいなって思って……雪を思いうかべながら、けったの』
ジュリエは「もう一度やってみて」とお願いしました。
デアは気持ちを集中させ、パシャンと小川の水面にひづめをうちつけました。
ふわふわっと雪があらわれ、水の表面でくるくるまわります。
まるで、雪がダンスをしているみたいです。
「すごい！　魔法がめざめたんだよ！」
『やったわ、〝雪の魔法〟よ！　わたしの祖母といっしょ』
水からあがってきたデアを、ジュリエはぎゅっとだきしめました。

「おめでとう！　すごくかっこいい魔法だよ！」
先ほど気になった火花は、もうすぐ魔法がめざめる知らせだったのです！

ジュリエはうれしくて、むねがはちきれそうでした。
ダイヤモンドルームの中では、いちばんのりです。
こっそりと、自分の髪の毛をたしかめてみました。
〈きずなは……あれ？　まだだ〉
がっかりしたけれど、まえむきに考えます。
〈だいじょうぶ。きっともうすぐ生まれるよね！〉

デアがジュリエに鼻をよせました。

『祖母と同じ魔法だとするとね、この魔法は、ただ雪をつくれるだけじゃないの。〝スノーツイスター（雪のうずまき）〟をつくって、みんなを遠くへはこぶこともできるのよ！』

「すご〜い！」

ジュリエは大興奮。

『わたしね、〝きらめきの大どうくつ〟がある雪山まで、みんなをスノーツイスターでつれていけると思う！　みんな、なるべくくっついて』

ジュリエたちはドキドキしながら、デアのまわりにあつまります。

『スノーツイスターよ、
〝きらめきの大どうくつ〟へ、つれていって！』

デアが高らかにとなえ、ひづめをタタンと、地面にうちつけました。
ところが……、
ピンクの火花はまいあがったものの、すぐにしゅるんと消えてしまいました。
みんなは顔をみあわせます。
ジュリエは、デアをはげますように、たてがみをなでました。
「もう一度やってみよう。次はきっとできるよ。デアは、世界でいちばんすてきなユニコーンなんだから！」
『ファラーン！』
うれしそうにさけぶと、デアは、たてがみをふりあげます。
パートナーがはげますと、ユニコーンの魔法は、パワーアップするのです。
デアは、ひづめを地面に、思いっきりうちつけました。
今度は、火花がくるくると、うずを巻きはじめます。
デアの足もとから、ピンク色のスノーツイスターがむくむくと生まれました。
そこにいる全員を、ぐるりとかこみます。
ジュリエの髪が、ふわあっと、まいあがりました。

みんなまとめて、さあっとすくいあげられると、空高くにうかびます。

〈うわぁっ！〉

ジュリエは、デアのたてがみにぎゅうっとしがみつきました。

全員を巻きこんだスノーツイスターが、北の山をめざしてとんでいきます。

ジュリエは、おそるおそる顔をあげて、まわりをみました。

〈わあ……夢みたい〉
白とピンクの雪がキラキラと、みんなをかこんでうずまいています。
〈それに、とってもあたたか～い〉
雪の中にいるのに、まるでブランケットにつつまれているようです。
髪に雪のかけらがくっつきましたが、ふわふわのわたあめみたいでした。

まもなくスノーツイスターのスピードがおちて、地面に近づきはじめます。
雪のかけらの色が、だんだんすきとおっていきました。
いよいよ、目的地に到着です！

ドッスン！

〈あいたた……〉

ジュリエは着地の衝撃で、デアの背中からおちてしまいました。

『ハアハアハア……フルルル…ごめん。そっと着地する練習をしなくちゃ』

魔法のパワーをだしきったデアが、あらい息をしながら、あやまります。

ジュリエは「だいじょうぶだよ」と、デアをなでました。

顔をあげると、青い空に山のてっぺんがみえました。

メアリーが、山のしゃ面のくぼんでいるところを指さしました。

「あそこに、ほら穴があるわ！　地図にあった迷路の入り口かしら？」

ココがさっそくスケッチブックをだして、絵をかきはじめました。

みんなで歩いていって、中をのぞきこみます。

「うわぁぁ、長いつららがたくさんあるよぉ！」

ぽっかりとあいた穴の中は広くて、天じょうは高いドーム形になっています。

地面にはごつごつした氷の岩があり、上からは、とがったつららがさがっていました。

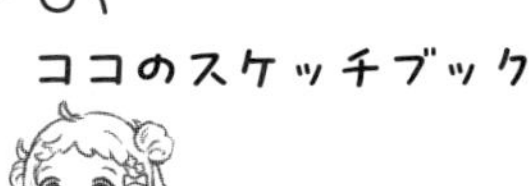

中へはいっていくと、おくにトンネルの入り口が、みっつありました。
〈この先に〝きらめきの大どうくつ〟があるのね！〉
ジュリエはリュックから地図をだし、おおきなまるい岩の上に広げました。

よ〜し、気合いれていくよ〜っ！

7

トンネルえらび

〈〝きらめきの大どうくつ〟へいくには、あのみっつのうち、どのトンネルをすすめばいいのかな？〉

地図には、くねくねしたトンネルが何本もかかれ、入り口もいくつかあるようです。

「わたしたちは、今、ここね」

ジュリエは、地図にある、入り口のひとつを指さしました。

「だから〝きらめきの大どうくつ〟にいくには、左のトンネルをすすめばいいんだ」
ジュリエが地図をくるっと巻いて、片づけようとすると、レイがとめました。
「待って。地図にかいてあるトンネルと、実際のトンネルのようすが合ってないよ。地図のトンネルはくねくねしてるけど、ここのトンネルは、どれもまっすぐだし」
レイは地図を広げ、ジュリエがさしたのと

は別の入り口に指をおきます。

「わたしたち、こっちの入り口にいるんだと思う。だから、まんなかのトンネルをすすまなくちゃ」

「えっ！　ちがうよ。こっちで合ってるはず！」

ジュリエは思わずいいかえしました。

レイがトンネルを調べにいきます。

デアがジュリエに鼻をよせて、なだめるようにいいました。

『おちついて。レイのいうとおりかもしれないよ？』

ジュリエは、「えっ！」とびっくり。

これまで、デアがジュリエに反対したことは、一度もありません。

『みんな、はじめての場所だもの。みんなの意見も大事だと思うの』

デアの言葉に、ジュリエはつぶやきました。

「そうかもしれないけれど……わたしが合ってると思うよ？」

そのとき、トンネルの中から、レイがいいました。

「ジュリエ、このトンネルは、かなりずっとまっすぐだよ。そのあとに曲がりはじめるの。やっぱり、地図の読みかたをまちがってると思う」

みんなの視線がジュリエに集中します。

あせるけれど、かんたんには、ひきさがれません。

「手がきの地図だし、てきとうなのよ。わたし、地図を読むのは得意だし」

「でも、このあいだの地図テストでは、ルーナが1位だった。ルーナにも地図をみてもらったほうがいいかもしれ……」

「その必要はないって！
だいじょうぶだから」

いらっとして、つい、おおきな声がでてしまいます。

〈わたしがみんなをさそった冒険だよ？　わたしについてきてほしいのに〉

デアが何かいいたそうに、うでをつついてきましたが、無視しました。

「心配しないで！　さあ、いこう」

ジュリエはデアにとびのって、いちばん左のトンネルへ、はいりました。
ココとメアリーが顔をみあわせてから、ユニコーンに乗ってついてきます。
ルーナとレイは、トンネルの入り口ではなしこんでいました。
「ルーナ、レイ、早くいこうよ」
ジュリエがよびかけると、ふたりもユニコーンに乗ってやってきました。
でも、ちょっとびみょうな空気で、みんなだまって、もくもくとすすみます。
氷の地面がつるつるすべるので、ユニコーンたちもはやく歩けませんでした。

寒さをがまんしながらすすんでいくと、わかれ道にぶつかりました。

ひとつはのぼり坂、もうひとつは、くだり坂です。

『ジュリエ、どっちにすすむ?』

「ん～と……〝きらめきの大どうくつ〟は、地図では、入り口よりも左にかいてあったの。西の方向ね!」

ジュリエは自信満まんでいいました。

でもすぐに、レイの声がとんできました。

「ねえ、わたしたちは別の入り口からはいったかもしれないんだよ? だとしたら、右にすすまなきゃ」

ジュリエは「もうっ」とため息。

なかなかレイと意見が合いません……。

ジュリエは、リュックからコンパスをだしました。

「じゃあ、まずはコンパスで東と西をたしかめるね。……あれ？　おかしいな。

針がぐるぐるまわってる」

「魔法のせいでコンパスがおかしくなることがあるって、きいたことあるわ」

ルーナが不安そうにいいました。

「もしかしたら、このどうくつに、何かの魔法がかけられているのかも……。

魔法のわながしかけられていたら、どうする？」

ジュリエは「まさか！」と首をふります。

「ミニチュアをぬすんだ先生が、自分だけのひみつの場所に、わななんてしかけるわけないよ。コンパスがスノーツイスターでこわれたのかも」

「雪のうずまきで、どうしてコンパスがこわれるの？」

すかさずレイがつっこみますが、もちろんジュリエにもわかりません。

「着地したときに、わたしがコンパスをふんじゃって。何か部品がずれたの」

てきとうな理由で、乗りきります。

「さあ、左の坂をおりよう。〝きらめきの大どうくつ〟は、この先だよ」

デアが『ジュリエ…』と、とめかけましたが、さえぎりました。

「だいじょうぶだって、デア。わたしを信じて」

けれど、ちいさな広場をいくつかとおり、かなり長い時間すすんでも、〝きらめきの大どうくつ〟にはたどりつきませんでした……。


トンネルの中を流れる小川を、パシャパシャとこえていくと、今度はだんだん道のはばがせまくなってきました。

しかも、天じょうも低くなってきているようです。

頭をぶつけないように、ユニコーンの首にだきつくようにして、すすみます。

うしろのほうで、ルーナとレイが、ヒソヒソ声ではなしはじめます。

〈何をはなしているのかな〉

ちょっと気になりますが、とにかくまえへとすすみます。

〈もう、ついてもいいころなのに……〉

やがて、さわさわと、風で葉っぱがそよぐような音がきこえてきました。

『フルル……。な、何の音？』

デアが、ぴたっと立ちどまって耳を立てます。

空気もさらに、冷えこんできました。

バサッ　バサバサッ。

おおきな音がひびき、こちらにせまってきます。

「き、きゃあああー！！！」

曲がり角のむこうから、キーキーと鳴く生き物のむれがとんできて、トンネルをうめつくしたのです！

8
生き物の正体

『氷コウモリだ！』

メアリーのユニコーンのステラリオが『ビュルルーン！』と、おびえたようにさけびました。

メアリーの声も、とんできます。

「みんな動かないで！　氷コウモリは絶対に人間やユニコーンをおそわないから」

「ひゃああっ、冷た〜いっ！」

氷コウモリは、氷のように冷たい生き物。さわると冷たいだけでなく、あたりの空気もぐっと冷えこむのです。

ジュリエはデアの首にしがみつき、コウモリを片手ではらいのけました。

あまりの寒さに、みんな歯をガチガチいわせてふるえています。

コウモリのむれがとおりすぎると、だんだんあたたかくなってきました。

ジュリエは、ぶるぶるとふるえている、デアの首をなでました。
「もうだいじょうぶ。さあ、すすもう」
ところが……、角を曲がると、そこはいきどまりでした。
氷コウモリのすみかになっている、たくさんの岩だながあります。
ジュリエは、目のまえに立ちはだかる、氷のかべをみつめました。
〈さすがに、とおりぬけられそうにないね……〉
デアが、ちらっとこちらをみます。
ジュリエは、みんなのいうことをきかなかった自分が、急にはずかしくなりました。

「つまり、このトンネルじゃ〝きらめきの大どうくつ〟にいけないってことだよね、ジュリエ？」

レイが静かにいいました。

「そうみたい…ひきかえさなきゃだね……ごめん」

まちがいをみとめるのがみじめで、もごもごとこたえます。

ユニコーンたちは、ゆっくりと、むきをかえました。

トンネルのはばがせまいので、うまく回転しなくてはなりません。

みんな、もぞもぞと、ぎこちなく動きます。

ユニコーンどうしがすれちがうこともできなくて、ジュリエとデアは、列のいちばん最後になってしまいました。

〈わたしが先頭をすすみたいけれど……〉

今度こそ、正しい道をみつけて、みんなを安心させたかったのです。

けれど結局、レイを先頭に、きた道をもどりはじめたのでした。


ちいさな広場にでると、ジュリエはデアからおりて、地図を広げました。

レイがいいました。

「わたしたち、まいごなんじゃない？」

「そんなことないと思う。今はここだよ」

ジュリエもどこにいるのか、わからなくなっていましたが、地図上の最初にはいったはずのトンネルをたどって、ある広場を指さしました。

みんなはいっしゅん、だまりこみました。

ルーナが地図をすみずみまでたしかめてから、口をひらきます。

「その広場はかなり広いわ。それに、トンネルが一本しかないでしょう？」

顔をあげて、広場をみまわします。

「今わたしたちがいる広場からは、二本でているわ」

レイがきつい口調でいいました。

「ねえ、ジュリエ。わからないなら、そうみとめてくれない？　みんなこまってるの」

ジュリエは、顔が真っ赤になるのがわかりました。

しゅんとして、うつむきます。

ルーナが「だいじょうぶよ」とはげますようにいいました。

「地図によるとね、〝きらめきの大どうくつ〟のまんなかには、湖があるの。小川の水が流れこんでいるのよ。だから、さっきこえた小川までもどって、流れにそってくだっていけば、大どうくつへたどりつけるはずよ」

すると、レイが「たしかにそうだね」といって、メモ帳をかかげました。

「ここへくるとちゅう、めじるしになりそうなものをメモしてきた。それも参考にすれば確実だね」

それから、ジュリエにむかって手をだします。

「ルーナとわたしに地図を持たせてくれる？　そうすれば、大どうくつをみつけられるかもしれないから」

ジュリエは、地図をぎゅっとにぎりしめました。

〈この冒険はわたしのアイディアなのに……これじゃ、
まるでレイとルーナが、リーダーみたい〉

思っていた冒険とはちがいます。
だまりこんでいると、デアがそっと鼻をよせました。
『地図をわたしたほうがいいと思うわ。レイとルーナにまかせよう?』
茶色いひとみで、やさしくみつめてきます。
ジュリエはうなずき、地図をレイにわたしました。

ルーナの予想は、みごとに的中!
レイのメモや、みんなの意見も役に立ちました。
小川をたどると、ほとんどまよわずに〝きらめきの大どうくつ〟に到着。

「うわ、すご〜い…」

ジュリエたちは感動して、目をみはりました。

地面からは、青白い氷の柱が、天じょうへとのびていました。

天じょうからは、ちいさなとがった氷のつららがびっしりとぶらさがり、星のようにキラキラとまたたいています。

広場の中央にはガラスのようにすんだ湖があり、ぼうっと青っぽく光っていました。

水の上では、おおきなスイレンの花のように、氷山がただよっています。


ココが、寒さに歯をガチガチ鳴らしながらいいました。

「ここここ、これからどうするぅ？」

大どうくつの美しさにみとれていたジュリエは、はっと現実にもどりました。

ものをかくすのによさそうな場所が、たくさんあります。

かべにある、氷のたな。

そびえたつ、氷の岩のてっぺん。

もしかしたら、湖の底にしずめてあるかもしれません。

〈校舎のミニチュアは、絶対、この大どうくつのどこかにある！〉

ジュリエはそう確信しました。

にっこりして、みんなの顔をみまわします。

「校舎のミニチュアは、どこにあってもおかしくないね。みんなで手わけしてさがそう！」

みんなは大どうくつじゅうに広がって、ミニチュアさがしをはじめました。

これまでの失敗を今こそばんかいしなくちゃ！

9 さがしもの

ところが……ひたすらさがしても、
ミニチュアはどこにもありません。
〈まさか、ここにはないの？〉
あきらめかけたとき、ジュリエは
氷のかべの高いところに、ちいさな
くぼみをみつけました。
まわりには、クリスタルという、
宝石がちりばめられているようです。
目をこらして、よくみると……、

「あ、あそこ！　校舎のミニチュア発見！」

ジュリエはさけびました。

「デア、とりにいくよ！」

デアは、ジュリエを乗せて、かべに近づこうとしましたが、急に地面がぐらっとゆれたので、ぱっととびのきました。

足もとの氷がおおきくひびわれ、さけめから暗い色の水がみえます。

「ふたりとも！　だいじょうぶ？」

みんながかけよってきます。

「ミニチュアをみつけたの！　でもね、魔法のわながしかけられているみたい」

ジュリエは、デアの背中からとびおりました。

おおきな石をひろい、ミニチュアの手まえの地面に投げてみます。

地面の氷にジグザグの線が走り、ミシミシッとわれました。

「近づこうとすると、足もとの氷がわれるの。ミニチュアをだれにもとられないようにしているんだ」

石はドブンと音を立てて、暗い水の中へと消えました。

ギイィ。

さけめは、何ごともなかったかのように、氷でふさがれていきます。

そのようすをじっとみつめていたレイが、いいました。

「地面の氷にふれないようにして、ミニチュアをとる方法がないかな」

ジュリエは目をぱちくり。そんなこと、考えもしませんでした。

「さすがに無理じゃない？」

「どんな問題でも、ひらめきと必要な材料があれば、解決できるはず。ええと、方法はいろいろあるけれど……」

レイはしばらく考えこんでいましたが、ぱっと顔をあげていいました。

「思いついた！　ちょっと力わざだけど、
うまくいくはず！」
だいたんなアイディアを説明します。

まず、みんなのフーディーをつなげる。
うまくまとめて、ロープのかわりにするの。

わたしは、それをこしに結んでおく。
命づなのかわりよ。

氷の上を全速力で走って、それから…

ミニチュアをぱっとつかんで

全速力でもどってくる！ってわけ。

「ちょ、ちょっと、うそでしょ!?」

おどろくジュリエたちに笑顔をみせて、レイはつづけました。

「理論的には、氷がわれるスピードよりも、わたしのほうがはやければ、成功するはず。いざとなったら、命づなのフーディーをひっぱってね」

「だめよ！　危険すぎるわ！」

ルーナが猛反対。

「学園にもどって、先生がたに報告しましょうよ」

ジュリエは思わず、口をはさみました。

「でも、ルーナ。せっかくここまできたんだよ」

「ジュリエのいうとおり」

〈えっ！〉

賛成してくれたのは、まさかのレイです！

レイはにやりとして、つづけました。

「わたしは、冷たい水にぬれても平気。それに、自分のアイディアがうまくいくか、ためしてみたいんだ。だから、ルーナお願い、チャンスをくれる？」

ルーナが「そこまでいうなら、しかたないか……」という顔でうなずきます。

「でも、くれぐれも気をつけてね」

「わかってる！」

レイが、みんなによびかけます。

「フーディーをぬいで、わたしにかして」

そのとき、ジュリエはあることを思いだしました。

「待って。フーディーはいらないよ。わたし、ロープを持ってきてた！」

「ジュリエ最高！　ロープのほうがずっといい」

うれしそうに手をあげたレイと、ハイタッチ。

「なんなら、わたしがいこうか…」

と、ジュリエはいいかけましたが、デアが鼻先でつついてきました。

『チームワークよ。ここはレイにまかせましょう』

ジュリエは、すなおにうなずきました。

デアのいうとおりです。

ジュリエは、アイディアを提案したり、意見をだしたりするのが好き。
でも、それがいつも正しいとか、ベストだとはかぎりません。
今回の冒険も、自分の考えにこだわったせいで、まいごになりかけました。
〈みんなの得意をいかしたほうが、チームはうまくいくんだね〉
レイのこしにロープを巻きつけたあとは、
「ルーナ、お願い！」
と、結ぶのをまかせました。
ルーナは、安全な結びかたをよく知っているのです！
ロープをしっかり結びおわると、ルーナはロープを、レイのユニコーン、ラピーダにくわえさせました。

ジュリエたちはそのうしろにならんで、のこりのロープをにぎりしめます。

ほかのユニコーンたちも、いっしょにならんで、ロープをくわえました。

「準備はいい？」

レイがロープをぴんとはって、たずねます。

「いいよ！」

みんなが声をそろえました。

レイがかけだします。

ジュリエはロープをにぎりしめ、
レイのうしろすがたをみつめます。

ミシミシミシ！

耳をつんざくような音を立てて、
氷がわれはじめました。
レイは氷のかべにむかって、風のように走っていきます。

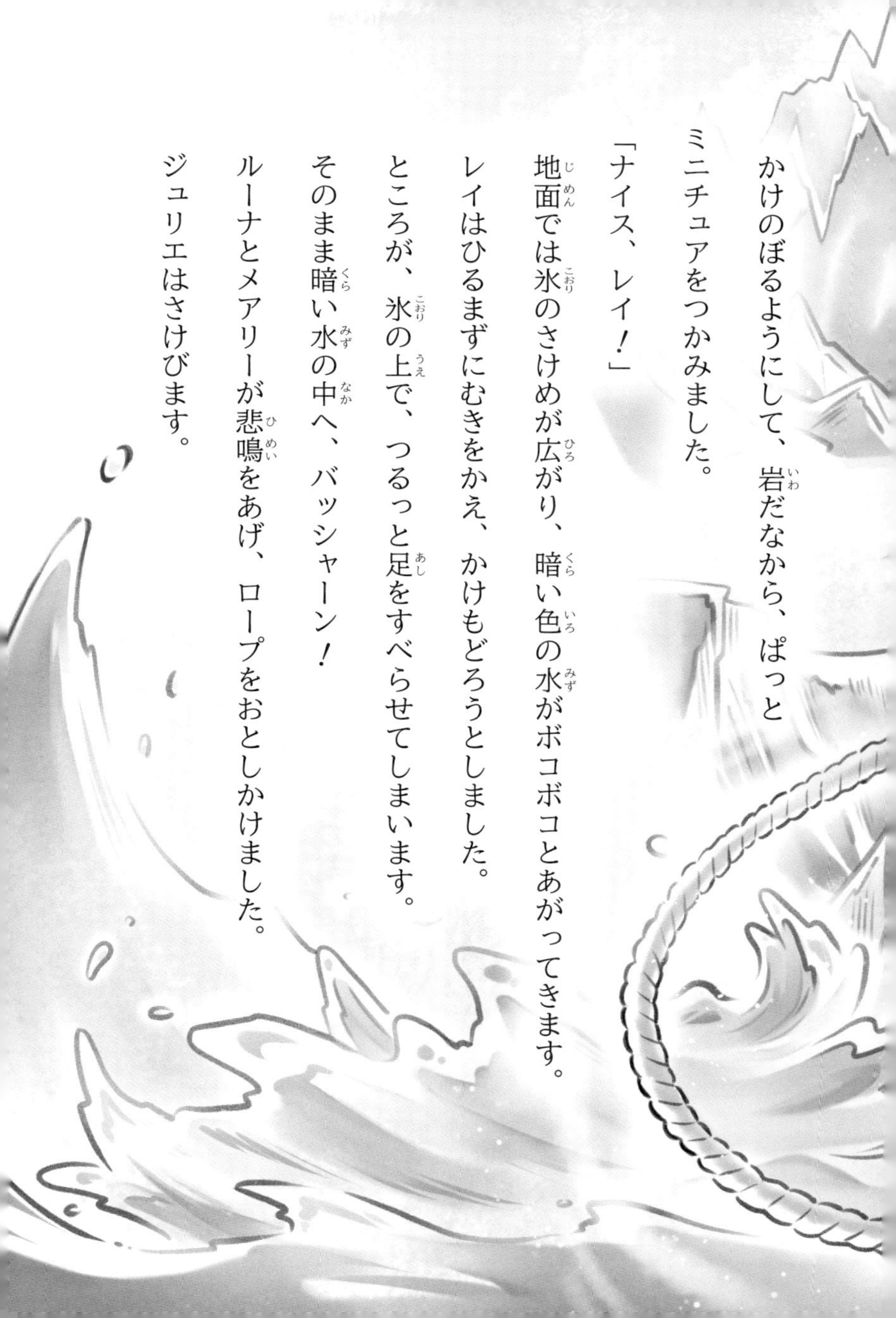

かけのぼるようにして、岩だなから、ぱっと
ミニチュアをつかみました。
「ナイス、レイ！」
地面では氷のさけめが広がり、暗い色の水がボコボコとあがってきます。
レイはひるまずにむきをかえ、かけもどろうとしました。
ところが、氷の上で、つるっと足をすべらせてしまいます。
そのまま暗い水の中へ、バッシャーン！
ルーナとメアリーが悲鳴をあげ、ロープをおとしかけました。
ジュリエはさけびます。

「みんな、しっかり！
ロープをつかんで！」

このまま氷のさけめがとじてしまったら、もう、レイを氷の下から、ひきあげることができません。

〈無事でいて、レイ。すぐに助けるから！〉

なんとしても
レイを
救いだすよ！

10

力を合わせて

ジュリエは、悲鳴にかきけされないように、大声をはりあげました。

「力を合わせて。いっせいにひくよ！　せーの！」

でも、そのとき。

ギィイイイ

ゴゴ――――ッ

おおきな音とともに、氷のさけめがとじはじめて……大ピンチ！

「みんな、急(いそ)ぐよっ
せーのっ！」

ふいに、レイのうでが氷のさけめからあらわれ、岸にしがみつきました。
みんなで、ぐぐっとロープをひっぱります。
レイの頭が、水からザバッとでてきました。
「もうひと息っ！」
レイの体がずるずると、氷の上にひきあげられます。
ジュリエたちは、いっせいにレイにかけよりました。

レイは水をのみこんで、ゲホゲホとむせています。
ラピーダがレイに鼻をよせて、あたたかい息をふきかけます。

それでもガタガタふるえているレイをみて、デアがいいました。
『スノーツイスターが役に立つかも！　体をあたためてあげられるわ』
「ナイスアイディア！　やってみて」
ジュリエは、デアの首をなでました。
デアはいきおいよく、ダダンッと、ひづめを地面にうちつけます。
ちいさな雪のうずまきがあらわれ、くるくると、レイをとりまきました。
ほわほわのピンクと白の魔法の雪につつまれて、レイの体があたたまります。
びしょびしょの服も、かわいていきました。
ツイスターが消えると、レイのほおには赤みがもどっていました。

ジュリエは、立ちあがろうとしたレイに、手をかしました。目が合って、思わずぎゅっとだきしめます。

レイはジュリエだけにきこえる、ちいさな声でいいました。

「水の中にいたとき、ジュリエがみんなに号令する声がきこえたの。もし、あれがなかったら……」

「ありがとう…」という、レイの声が消えいります。

ジュリエはもう一度、レイをぎゅっとしました。

「とにかく無事でよかったよ」

体じゅうを、あたたかな気持ちがめぐるのを感じていました。


そのとき、ジュリエは、はっと思いだしました。

「ねえ！　ミニチュアは？　水の中におとしちゃった……？」

「ああ、それね」

レイがにやっと笑って、右手をひらきます。

てのひらの上には、校舎のミニチュアがありました。

「やったあ！」

みんなが歓声をあげます。

「おとすわけないよ。これのために、命がけでチャレンジしたんだから」

レイは、ミニチュアをじっくりと観察します。

「よくできてるよね。ドアやまども、ほんものみたいにひらくよ」

いっしょにみていたジュリエは、にっと笑いました。

「しかも、わたしたちを学園につれてかえってくれるんだよね？」

そういったとたん、ミニチュアが光りはじめました。

レイが、ミニチュアをジュリエの手に「はい」とあずけます。

「ここからはお願い。この冒険はジュリエのアイディアでしょ？　わたしたちをつれてかえるのも、ジュリエの役目」

みんなもいっせいに、うなずきました。

冒険のあいだ、ジュリエのたくさんの失敗につきあってくれた仲間たち。

「ごめんね」と「ありがとう」の思いが一気にこみあげてきます。

「じゃあ、いくよ」

ミニチュアをしっかりにぎると、ジュリエはさけびました。

「ユニコーン・アカデミーへ！」

そのとたん、すさまじい風がわきおこります。

みんなはくるくると宙にうかぶと、大どうくつから消えました。

全員の気持ちが
ひとつになったよ。
うれしい〜っ！

11 チームワークとは

ふわん！

ジュリエたちは、学園のしばふの上に、おだやかに着地しました。

ネットルズ学園長とウィロウ先生が、むこうからかけよってきます。

「いったい何ごとです？」

学園長が、おどろいた顔でたずねました。

ジュリエは、代表で報告します。

「立体模型の魔法がきかなくなったときいて、ぬすまれた校舎のミニチュアをさがしにいったんです」

「そして、ダイヤモンドルームのみんなで力を合わせて、発見しましたぁ！」

みんなでかわるがわる説明しているあいだ、学園長はだまって耳をかたむけていました。

すべてはなしおわると、ジュリエはミ

ニチュアを、レイは地図の巻物を、学園長に手わたしました。

「ということは……、非常に多くの規則を破ったということですね」

学園長は、めがねをカタカタ鳴らしながら、けわしい顔でいいました。

「まず、他人のお部屋へ許可なくはいったこと。中のものをさわったこと。地図を持ちだしたこと。とくにあのお部屋は……何か危険な魔術がしかけられている可能性もあったのですよ」

ジュリエがあのときに感じた、だれかの視線やむねのざわざわは、魔術のせいだったのでしょうか。

「それに……」と、学園長のお説教はつづきます。

「思いこみで、勝手な行動を
とってはいけません」

学園長は、ひとりひとりの目をみながら、いいきかせるようにいいました。

「そもそも、校舎のミニチュアがぬすまれたのかどうかも、証拠はないのです」

すると、ウィロウ先生が、口をはさみました。

「みなさん、とてもいけないことをしたのは、反省していますよね？」

にっこり笑って、ジュリエたちをみまわします。

〈もしかして、わたしたちをかばおうとしてくれている？〉

ウィロウ先生は、おくれ毛を耳のうしろへかけていいました。

「すばらしい冒険だったのはわかるけれど、大けがをしてもおかしくなかったのよ。無事でよかったわ。ね？　学園長」

いたずらっぽく「ふふっ」と笑って、つづけます。

「これからは、あなたがたをよーくみはっておきますからね」

それからウィロウ先生は、

「さあ、ホットチョコレートで体をあたためようね。用意してくるわ」

と、校舎へもどっていきました。

学園長が、「さて」と気をとりなおしたようにいいました。

「魔法の立体模型は、無事に校舎のミニチュアがもどったので、きちんと動くようになるでしょう。でも、ウィロウ先生のおっしゃるとおり、これからはあなたがたのことを、しっかりみはらないといけませんね」

ジュリエたちがしゅんとしたので、学園長は笑いをこらえるようにして、つづけました。

「もう、危険な冒険は禁止ですよ。少なくとも、敷地の外へでるときや、立体模型をつかうときは、わたくしの許可をとること。いいですね？」

みんな、反省した顔でうなずきます。

学園長はジュリエをみて、にっこりとほほえみました。

このページを読みおわったらめくってね→

「ジュリエ、今回は、チームワークのすばらしさを学びましたね。あなたは優秀な生徒ですが、優秀な〝GUARDIAN〟になるためには、仲間の思いや得意なことに気づき、協力する大切さも学ばなくてはなりません。よい機会だったようですね」

「はい、学園長」

「その証拠に、ユニ＊デアともきずなが生まれたようね。おめでとう」

「え、待って。きずなって？」

ジュリエの髪には、デアのたてがみと同じ、ヒヤシンスブルーとピンクラベンダーの色がまじっていました。

デアのたてがみにも、ジュリエの髪と同じ、茶色がまじっています！

仲間たちも、「おめでとう！」「よかったね！」とお祝いしてくれました。

みんなでユニコーンハウスへいくと、ユニコーンたちに、ごほうびのスカイベリーをたくさんあげました。

スカイベリーは、ユニコーンの大好物のフルーツ。

魔法のパワーを回復させる効果もあるのです。

「デア。いっぱい食べて、ゆっくり休んでね」

『フルルン……最高の一日だったわ』

デアは、ひづめをタタンと、ゆかにうちつけました。

ピンク色の火花がまいとび、ふわふわの雪がふってきます。

雪は、みあげるジュリエとデアをかこむように、ハートの形になりました。

「わたしたち、最高のペアね！」

ジュリエはしあわせいっぱいな笑顔で、ダイヤモンドルームへともどります。

チームで何かをするとき、中心になってめだったり、アイディアをだして、みんなをひっぱっていったりするのが、にがてな人は、たくさんいます。

ジュリエはむしろ、そういうリーダーの役割をすすんでやってみたい、と思うほうでした。

そして、ダイヤモンドルームには、これまで、そういう人がいませんでした。

今回、思いきって声をかけて冒険してみて、学んだことがあります。

〈自分のアイディアに、みんながのってくれるのはうれしい。でも、自分のアイディアがいつも正解とはかぎらない〉

人にはそれぞれ、ちがったアイディアがあったり、うけいれやすいことや、にがてなことがあったりするものなのです。

チームにとって何がいちばんいいかを考えられるようになったことで、デアとの信頼が深まり、きずなにつながったのでしょう。


ジュリエはふと、ユニコーン・スタイリングの授業のことを思いだしました。

〈もしかして、ロズマリー先生がわたしをあてなくなったのも、みんなに平等に、発表するチャンスをあたえるためなのかも〉

おそらく、そのとおりです。

ジュリエは、人のいろんな思いを知るのが、楽しみになってきました。

お部屋にもどると、ほかほかのホットチョコレートがとどいていました。

ふわふわのクリームとチョコレートとマシュマロがトッピングされています。

「パーティーしようよぉ！　わたし、ビスケットを持ってるぅ」

ココが自分のクロゼットをあけました。

服の山にうもれている、ビスケットの箱をひっぱりだします。

「わたし、カップケーキあるよ！」

ジュリエがいうと、ルーナはバターキャラメルのポップコーンを、メアリーはチョコレートバーをだしてきました。

レイもはずかしそうに、スパナ形のチョコレートをいくつか持ってきます。

ホットチョコレートのマグカップをかかげて、ジュリエはいいました。

「それでは、ダイヤモンドルームの仲間たちと、エキサイティングな冒険に」

マグカップをみんなでカチャンと合わせます。

「かんぱーい！」

さて、ジュリエとデアのおはなしは、これでおしまい。
このあと、レイが発明で活やくしたり、
森のおくで、あやしいできごとがおきたりするのですが……、
そのおはなしは、またいつかのお楽しみに。

チームワークってね
ひとりひとりの心の思いに
気づくことから
はじまるのかも
しれないね――。

アカデミー新聞

編集委員
ジュリエ
ルーナ
ココ
レイ
メアリー

立体模型の魔法が復活！

講堂ホールに設置されている、虹の島の立体模型は、1月ごろから、ワープの魔法がきかない状況がつづいていました。

模型の一部である、校舎のミニチュアが失われたことが原因とされていましたが、このたび、ダイヤモンドルーム生によって無事に発見され、魔法のパワーもみごと回復しました！

もとどおりの場所に、ミニチュアをもどすネットルズ学園長。バリアも復活！

今月のGUARDIAN活動報告

◉ペアのユニコーンが決まり、お世話の基礎を学びました。

◉校舎のミニチュアのありかをつきとめ、〝きらめきの大どうくつ〟を探検して、とりもどしました。

〝きらめきの大どうくつ〟で発見！

ダイヤモンドルーム生が探検のようすを報告します。「〝大どうくつ〟は、わかれ道のあるトンネルのおくにあったの。地図をたよりにすすんだわ（ルーナ）」「とちゅうで、せまいトンネルにまよいこんでね、ペルルがつっかえて苦労したよぉ（ココ）」「すっごく寒かった。地面がこおっていて、つるつるすべったの（メアリー）」「地面がくずれるわなは手ごわかった。あやうく水の中にとじこめられるところだった！（レイ）」

☆ヒロインインタビュー☆

ジュリエ

Q. デアの魔法をどう思う？

A. 魔法の雪があたたかくてびっくり！雪で移動できるなんて最高です！

Q. デアのどんなところが好き？

A. わたしがつっぱしりそうになったとき、さりげなくとめたり、そっとアドバイスしてくれるところ。やさしいお姉さまみたいな存在で、すなおに思いなおすことができるんだ。

スカイベリーって？

ユニコーンの大好物、スカイベリー。魔法のパワーを回復する効果もある、すぐれもの。ハウスの貯蔵室にあるので、おやつにたっぷり食べさせましょう！（リップス先生より）

ウキウキ★ユニコーンのたてがみアレンジ

ロズマリー先生のユニコーン・スタイリングの授業では、たてがみのアレンジを、いろいろとためしてみました。おめかししたユニコーンは、なんだか、ふだんよりもほこらしげ！？

ルーナとペアのセルギウスは、編みこみがたくさんのりりしいスタイル

ココとペアのペルルは…あらら！？

ジュリエとペアのデアは、お花を合わせてエレガントに

Go！Go！ サファリトレイル

学園の広～い敷地には、どんなものや場所があるか、もう全部知っていますか？「まだ」というみなさんにおすすめなのが、サファリトレイル！

果樹園をスタートに、ユニコーンでぐるりと敷地をめぐる、お散歩道です。

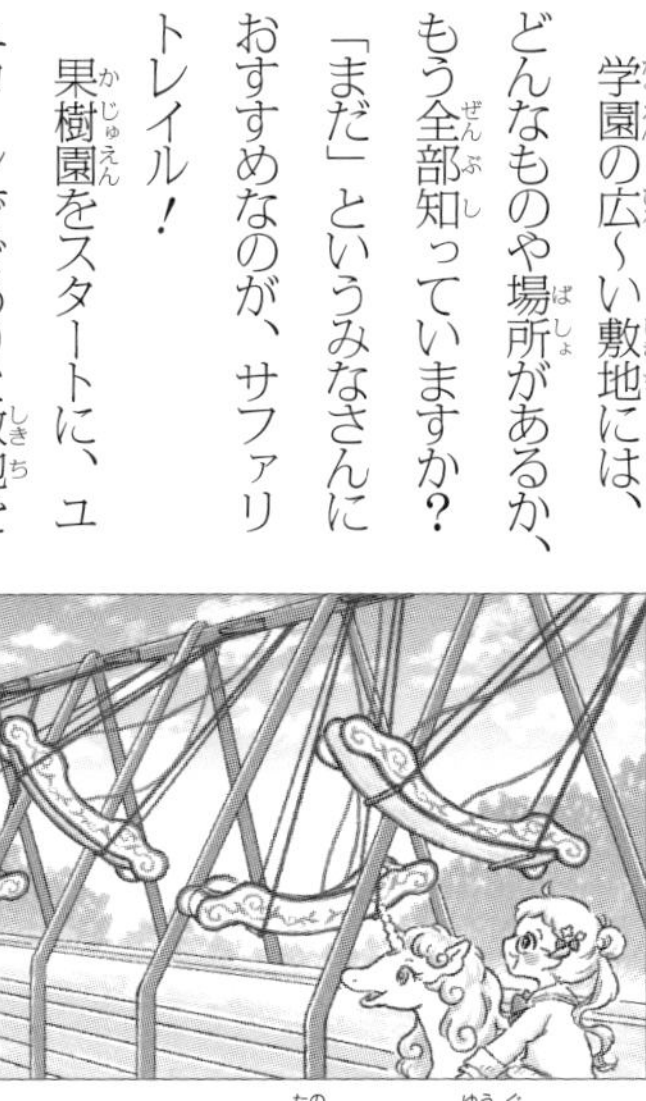

果樹園にはおいしそうなリンゴがいっぱい！

プレイパークには楽しそうな遊具も！

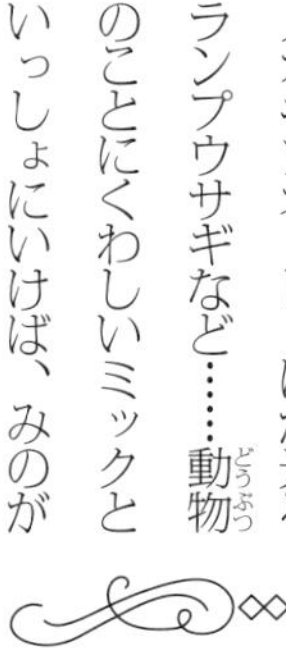

運がいいと、めずらしい動物に出会えることも!?

小川でくらすレッドビルという水鳥や、赤い毛のホノオキツネ、しっぽが光るランプウサギなど……動物のことにくわしいミックといっしょにいけば、みのがさないはずです。

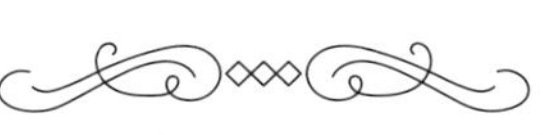

☆このペアに注目☆

ミック＆ジェスター＊コーン

学年でいちばんのりで〝シャボン玉の魔法〟がめざめたジェスター。このペアには、きずなも生まれました。

ミックの家では、トナカイを育てています。ジェスターがじょうぶなシャボン玉をつくれるようになったら、トナカイをシャボン玉にいれて、オオカミからまもってあげたいそう。応えんしています！

シャボン玉にはいって歩くバブルウォークも、あざやかに実演

共同生活のマナー

ほかの人のお部屋をおとずれるときには、ノックをコンコン、コンコン、と4回して、相手のお返事をきいてから、はいるようにしましょう。留守のときをねらったり、相手の許可なくはいったりしてはいけません。マナーをまもり、楽しい寮生活を送りましょうね。

（ネットルズ学園長より）

花だんや小道のお花をつまないで

お庭には、冬のお花がきれいにさきそろっています。むやみにつむのは禁止です。あやまってふんだりしないように、注意してくださいね。

（ブランブル先生より）

ある日のおしゃべり

おうちから何持ってきた？　わたしはね、祖母お手製のゾウのぬいぐるみ。シルクの生地でね、ねるときには、いつもいっしょだよ。

わたしは、ユニコーンの形の目ざまし時計。歌うような声で起こしてくれるのよ。

わたしは、工具セットだな。何かこわれたら、修理するから、声かけてね。

わあ、レイ、助かる～。何か故障したときはお願い！

ココはねぇ、アヒルのおもちゃ！　グワッグワッて、なくんだよぉ！

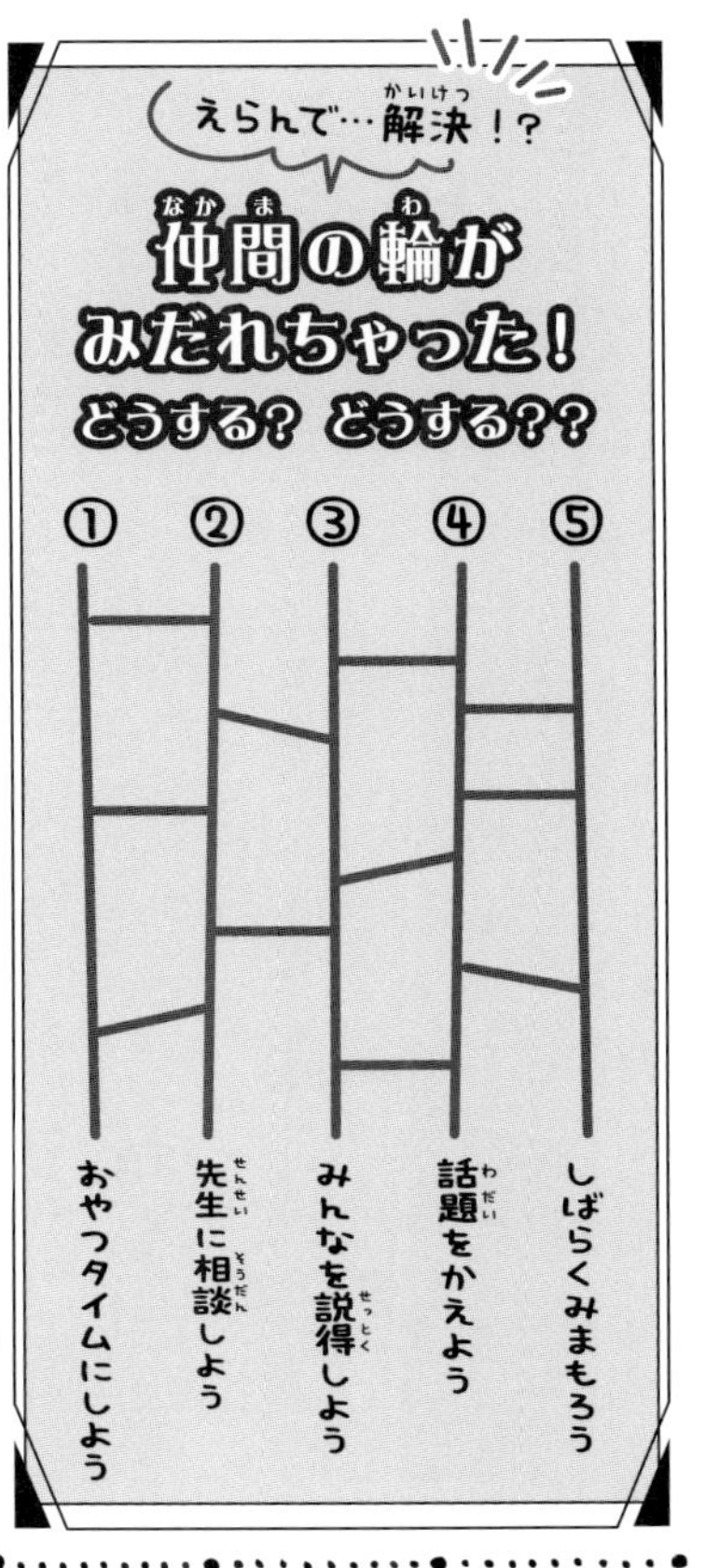

ルーナからお知らせ

2025年2月発売予定！
ダイヤモンド編②

ゆるめの三つ編みに、お花のビーズやリボンを編みこんでみたわ。

わたしが主人公の物語も読んでみて☆

物語の季節は春。ダイヤモンドルームの仲間はみんな、お花モチーフの服で登場するの。

わたしはいつもきれいにしていたいほう。よごれたり、危険なことをするのはなるべくさけたいの…。

ユニコーン形の目ざまし時計も登場します。

ダイヤモンドルームやユニコーンハウスなど、物語の舞台が次つぎにうつりかわるのよ。

お部屋の仲間と心からわかりあいたい…！

ウサギやキツネ、リスなど、森のかわいい動物にもいっぱい会えるわ。

心配性だから、でかけるときは荷物も多くなっちゃう。

ルーナ
Luna

イラストレーターも交代するよ！

ダイヤモンド編 ②ストーリー

ルーナです。いつもきちんとしていないと、おちつかないわたし。ある日、この性格や、クモやハチがにがてなことを、お部屋の仲間にからかわれて、軽くショック！（じょうだんだって、わかってはいるのよ……）

そんなとき、全校生徒で森へ調査へでかけることになったの。

わたしは、どんなピンチにも対応できるよう、しっかり準備したわ。

森のおくでは、たいへんなことがおきていたの。動物たちの生命のみなもとの滝では、魔法の水が力強く流れおちているはずなのに、今にもかれてしまいそう。急いで原因をつきとめて、もとどおりにしなくちゃ！

そして、この事件をつうじて、お部屋の仲間との関係にも変化が…！

ちらかしやさんのココはね、わたしと正反対のタイプかも？

原作：ジュリー・サイクス

イギリスの人気児童書作家。1963年生まれ。教師を経て、こども向けの本の作家に。趣味はお散歩、料理、カフェでのんびりすること。本書の原作である「UNICORN ACADEMY」シリーズは、アメリカ、フランス、ドイツ、イタリアほか、世界25か国以上で翻訳出版され、アニメ化されている。

虹の島のお手紙つき
ダイヤモンド編 友情のはじまり

2024年12月3日 第1刷発行

原作	ジュリー・サイクス	翻訳協力	山﨑美紀　安田 光
企画・構成	チーム 151E ☆	編集協力	山﨑美紀　プー・新井 はる灯
絵	星茨まと　とこゆ ぎんいろ	デザイン	よしだじゅんこ　プー・新井

発行人　川畑 勝
編集人　芳賀靖彦
編集担当　北川美映
発行所　株式会社 Gakken
〒141-8416 東京都品川区西五反田 2-11-8
印刷所　中央精版印刷 株式会社

●この本に関する各種お問い合わせ先
本の内容については、下記サイトのお問い合わせフォームよりお願いします。
https://www.corp-gakken.co.jp/contact/
在庫については　Tel 03-6431-1197（販売部）
不良品（落丁、乱丁）については　Tel 0570-000577
学研業務センター　〒354-0045 埼玉県入間郡三芳町上富 279-1
上記以外のお問い合わせは　Tel 0570-056-710（学研グループ総合案内）

学研グループの書籍・雑誌についての新刊情報・詳細情報は、下記をご覧ください。
学研出版サイト　https://hon.gakken.jp/
Gakken【お手紙つきシリーズ】公式サイト　https://gakken-ep.jp/extra/otegamitsuki/

ユニコーン・アカデミーから お手紙がとどきました！

・・・・の線をはさみで切って、お手紙を読んでね。

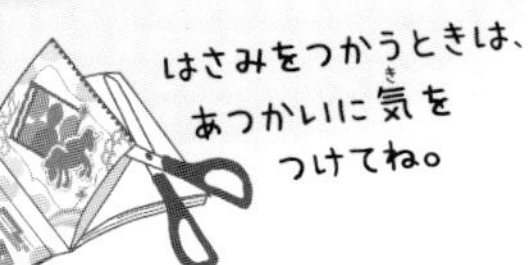

はさみをつかうときは、あつかいに気をつけてね。

お手紙のうしろにお返事用びんせんがついているよ！

公式WEBサイトなどでしょうかいされるかも！

ユニコーン・アカデミーにお返事をだそう！

1. 本から切りとる。はさみのあつかいには気をつけてね。

2. アカデミーの仲間にお手紙を書いてね。

3. 両サイドの「のりしろ」にのりをぬる。

4. 折りめで折ってはりあわせる。

5. ふうをして、テープでしっかりとめる。

※ふうとうには、何もいれないでね。

ふうとうの質問にもこたえてね。

6. 切手をはってポストへいれてね。（2024年11月現在110円）

保護者のかたへ◆送っていただいたお手紙は、返却されません。また、編集部やユニコーン・アカデミーから返事がくることはありません。お手紙の文章や絵などの一部を、本や広告、チラシ、WEB上などでご紹介させていただく場合があります。